DELPHINE BATHO

INSOUMISE

BERNARD GRASSET
PARIS

Photo de couverture : JF Paga © Grasset, 2014

ISBN : 978-2-246-81180-0

Je dédie ce livre à toutes celles et ceux qui,
comme moi, ont un jour été écartés,
limogés, licenciés, virés.

A peine avais-je remis le manuscrit de ce livre à mon éditeur le 18 août 2014 que, le 25 août, le premier gouvernement de Manuel Valls démissionnait et trois ministres, Arnaud Montebourg, Benoît Hamon et Aurélie Filippetti, étaient évincés des responsabilités ministérielles.

Cette nouvelle crise gouvernementale illustre d'une manière crue tout ce que l'ouvrage que vous tenez entre les mains raconte.

Un an et cinquante-trois jours après que j'ai été moi-même limogée pour avoir dénoncé un « mauvais budget » de l'écologie, d'anciens collègues en sont arrivés à leur façon à des conclusions similaires. Entretemps l'impopularité du chef de l'Etat a battu des records, l'économie s'est enfoncée et deux défaites électorales historiques ont été infligées à la gauche. La situation de la France paraît de plus en plus intenable.

Pour qui veut analyser les événements actuels, il faut nécessairement remonter à la source, au commencement du quinquennat.

J'ai cherché à comprendre comment l'or de la victoire de la gauche en 2012 s'est transformé en plomb. Je le fais parce que je ne renonce pas à l'espoir. Et parce que je sais que pour ouvrir les chemins d'une nouvelle espérance, il faut comprendre comment celle du 6 mai a été tuée.

Depuis presque trente ans, depuis mon adolescence, j'attendais l'élection d'un président de gauche. Je voulais cette histoire belle comme une épopée. Je savais que l'exercice du pouvoir serait extrêmement difficile : la gauche est appelée aux responsabilités alors que les pires difficultés assaillent le pays. Mais je combattais pour cela, pour qu'un socialiste succède à François Mitterrand, pour que la gauche accomplisse nos espoirs et que cette fois, contrairement aux précédentes, elle ne déçoive pas. Je n'imaginais pas une telle déconvenue. Tout est allé si vite de mal en pis…

Voici le récit, étape par étape, de la façon dont l'influence des milieux financiers et industriels s'est installée au cœur du pouvoir.

4 juillet 2013

C'est le deuxième jour le plus important de ma vie politique, avec celui où j'ai fait le choix volontaire de m'engager, un soir de novembre 1988. J'avais alors quinze ans. J'en ai désormais un peu plus de quarante. Entre les deux, vingt-cinq années de ma vie consacrées aux combats de la gauche, à mon idéal. Je suis devenue une élue du peuple. Et même, ce que je ne prévoyais pas, ministre de la République.

Ce 4 juillet 2013, 425 jours après la victoire de François Hollande à l'élection présidentielle, je marche vers la conférence de presse que je vais tenir moins de quarante-huit heures après mon limogeage du gouvernement. Je suis concentrée. Comme en apnée, comme si le monde extérieur n'existait plus, je n'entends pas, je ne vois pas, je fais abstraction de tout ce qui m'entoure. J'avance vers ce moment, dont je sais qu'il me marquera pour toujours. Machinalement. mes pas me guident vers la salle de la conférence de presse. Je monte les escaliers lentement. Je ne pense qu'à ce que je vais dire. J'en ressens le poids, lourd. Drôle de pensée, je me demande si ce que j'éprouve à cet instant, c'est la sensation que ressentent les poseurs de bombes. Pourtant je suis loin d'être une terroriste ! J'ai simplement décidé de dire la vérité sur les dérives de la gauche au pouvoir et les raisons pour lesquelles je viens d'être brutalement limogée du gouvernement le 2 juillet, deux jours auparavant.

Depuis la veille, tout le monde veut savoir ce que je vais dire. Je reçois une quantité astronomique de messages. Beaucoup de soutiens, mais aussi des curieux dont je sens bien qu'ils aimeraient savoir... « Que va-t-elle dire ? » D'autres me parlent bien sûr de mon avenir. Pleins de sollicitude, ils me font aimablement comprendre qu'il faut être « raisonnable », me racontent la façon dont il est de tradition que les anciens ministres gardent une certaine réserve, rebondissent et « reviennent au premier plan ». Moi, je ne suis pas dans leurs calculs. Je ne me suis pas engagée en politique pour faire carrière mais pour changer le monde, rien que ça ! Je n'ai rien à perdre. Je ne pense pas à l'avenir. Seul compte le moment présent. Je l'ai annoncé lors de la passation de pouvoir avec mon successeur au ministère de l'Ecologie, je veux « tout » dire, ou presque, sur « les raisons de mon limogeage ». J'ajoute « ou presque », parce que j'ai le sens de l'Etat ; j'ai traité des dossiers extrêmement sensibles et de ceux-là jamais je ne dirai rien qui puisse nuire aux intérêts fondamentaux de la France.

J'ai décidé de rompre la règle implicite du système politique qui veut qu'un ex-ministre se taise et attende que de nouvelles responsabilités lui soient confiées. Je ne respecte pas la règle. Je ne supporte plus les hypocrisies de ce système. Et puis il n'est pas question que je reste silencieuse sur ce qui entrave la gauche dans sa volonté de changement.

La déclaration que je vais prononcer, je l'ai écrite à la main. Je la connais presque par cœur. Depuis la veille, je ne lis pas la presse, je n'allume pas la télé, je n'écoute pas la radio. J'ai décliné le 20 heures de TF1 et de France 2. J'ai décidé de m'exprimer, fort, mais justement pas dans un 20 heures. Je connais la machine médiatique et la logique du « un petit tour au 20 heures et puis s'en va ». Or je n'ai pas envie de faire mes adieux à la vie politique. Je ne compte pas en rester là. Pour moi ce n'est pas la fin.

Je me suis enfermée dans une bulle, jusqu'à ce jeudi 4 juillet à 15 heures. Lorsque j'arrive à proximité du 5e bureau de l'Assemblée nationale, le couloir, la terrasse attenante, la salle de la conférence de presse, sont bondés. Un mur de photographes et de caméras me fait face. Les flashs crépitent. Très vite, c'est la bousculade. Mais je reste concentrée. Tout le monde ne peut entrer dans la salle trop petite. Certains en viennent aux mains et se battent pour avoir une place. Il n'y a pas de service d'ordre. Je suis seule, je n'ai plus d'équipe, mais Mathieu Havsali, l'assistant parlementaire de mon suppléant, est présent pour m'aider. Je m'assois à la place où je dois prendre la parole. Le bazar est tel que j'attends de longues minutes. Ces minutes me paraissent interminables. Le chahut ne cesse pas, bien au contraire. Les journalistes déjà dans la salle râlent en espérant que cela commence, tandis que d'autres essaient de forcer la porte pour entrer et se faire une petite place. On est en direct sur les chaînes d'information en continu. Les huissiers de l'Assemblée nationale tentent de mettre de l'ordre et finissent par y parvenir. Ma gorge s'assèche, je bois de l'eau. Je demande si on peut commencer, une fois, deux fois. J'attends encore. Lorsqu'un calme relatif s'installe, j'attaque. Je dis alors ma déclaration. J'en ai réfléchi, pesé et soupesé chaque terme, chaque virgule. Encore aujourd'hui, je n'ai pas un mot à lui enlever. Elle est sortie du plus profond de moi-même. Ecrite « à chaud », je n'ai pas fini de mesurer la portée de ce texte politique[1].

Je dénonce l'injustice de ma mise à l'écart. Je pointe l'abandon de toute collégialité dans le fonctionnement gouvernemental. Je donne l'alerte sur le renoncement aux ambitions en matière de transition énergétique. Je dénonce, surtout, le poids des lobbies, leur influence jusqu'au sommet de l'Etat. A la question de savoir s'il existe un conflit d'intérêts entre un grand chef d'entreprise

---

1. Cette déclaration est reproduite page 257.

qui a revendiqué ma mise à l'écart avant même qu'elle ait lieu et sa femme directrice de cabinet du président de la République, je réponds que oui, la question se pose.

Comment moi, qui étais la porte-parole du candidat François Hollande, en suis-je arrivée là ? J'ai voulu la victoire de la gauche. Nous devions apporter le changement et nous voilà sous la pression des firmes en tout genre, loin de nos valeurs et de nos idéaux. La gauche est enlisée, dos au mur, acculée alors que gronde la menace de l'extrême droite.

Après la conférence de presse, je suis rentrée chez moi comme j'étais venue. J'ai ressenti le même poids, la même lenteur, la même charge en faisant le chemin inverse, en descendant les escaliers, en m'engouffrant dans la station de métro Assemblée nationale. A la suivante, une bonne partie de mon équipe au ministère était sur le quai, pour m'embrasser, me féliciter, certains en larmes. Ce n'est qu'arrivée chez moi que je me suis sentie vidée, mais forte et libre.

★

Premier acte militant

J'ai passé toute mon enfance et mon adolescence à Paris. La fenêtre de ma chambre s'ouvrait sur une cour intérieure. Dans l'immeuble mitoyen, un voisin s'était fait une spécialité de la diffusion, sur sa sono poussée à fond, d'authentiques chants nazis, ainsi que de tous les poncifs musicaux de l'extrême droite, dans leur version fasciste italienne avec le *Nabucco* de Verdi ou française avec *Maréchal nous voilà*. Les jours d'élection, il suspendait un immense drapeau français à sa fenêtre. Lorsqu'il était passablement aviné, il avait pris pour habitude de hurler « Le Pen ! » avec l'intonation d'un ivrogne. Tout le voisinage était évidemment exaspéré. La police a été appelée plusieurs fois. Un jour, après qu'il m'eut conspuée parce que je portais le badge « Touche pas à mon pote » ainsi qu'un badge contre l'apartheid en Afrique du Sud, j'ai collé en cachette de multiples autocollants antiracistes sur sa boîte aux lettres. Cela a été mon premier acte militant. Sans le savoir, ce supporter du Front national a fait beaucoup pour ma prise de conscience politique et ma détermination à combattre l'extrême droite.

★

Le limogeage

(2 juillet 2013)

9 h 18

Depuis que je suis ministre, c'est la première fois que le Premier ministre m'envoie un sms. Ce mardi 2 juillet 2013 au matin, je suis en réunion avec le ministre allemand de l'Environnement, mon ami Peter Altmaier, avec qui nous tenons la réunion constitutive de l'Office franco-allemand des énergies renouvelables.

— Tes déclarations sont inadmissibles sur ton budget, je te demande de rectifier, m'écrit Jean-Marc Ayrault.

Honnêtement, je m'attendais à ce que mes déclarations du matin sur RTL suscitent une réaction. En affirmant sciemment que le budget du ministère de l'Ecologie était « mauvais » parce qu'en baisse de 7 %, je voulais provoquer un débat politique de fond. Faire de l'écologie le poste le plus impacté par les coupes budgétaires, le symbole était inacceptable à mes yeux. C'était tuer l'espérance, comme dire « no future » à un pays en crise grave. J'étais prête à prendre ma part d'effort pour le redressement des finances publiques, mais à condition d'obtenir une réaffirmation de l'engagement du gouvernement en faveur de l'écologie et des moyens qui y seraient consacrés. C'est précisément ce que j'ai dit au micro de Jean-Michel Aphatie sur RTL le matin même :

« C'est un mauvais budget mais je souhaite que dans les jours qui viennent nous puissions faire la démonstration qu'effectivement la volonté de faire de la France la nation de l'excellence environnementale, la transition énergétique, ne sont pas des variables d'ajustement, et que donc certes il y a des coupes et des restrictions budgétaires, mais il y a aussi des moyens qui vont être mobilisés au travers de la fiscalité environnementale et au travers des investissements d'avenir. »

En sortant de RTL, rue Bayard, j'ai dit à mon équipe « il faut s'attendre à ce que ça tangue un peu ». Je ne croyais pas si bien dire !

Dans la voiture qui me conduit à Matignon pour la réunion programmée à 9 h 45, je réponds au Premier ministre :

— Cher Jean-Marc, ce n'est pas une déclaration d'humeur, discutons-en. Bien à toi.

La réponse du Premier ministre laisse peu de place à la discussion :

— Trop tard le mal est fait, m'écrit-il instantanément.

Trop tard ? Sur le moment, je ne comprends pas la portée de son message.

9 h 45

J'arrive à Matignon pour la réunion sur la fiscalité écologique. J'entre dans le bureau du Premier ministre. Par la fenêtre, on devine l'éclat du jardin ensoleillé, mais l'ambiance est glaciale. Au cours de cette réunion, j'aggrave mon cas. Je n'accepte pas l'arbitrage qui s'annonce, avec l'accord des ministres Verts Cécile Duflot et Pascal Canfin, sur la création d'une taxe carbone pour financer le crédit d'impôt compétitivité (CICE), autrement dit une hausse de la fiscalité des ménages pour financer les entreprises. Je suis contre ce détournement de la fiscalité écologique. Ni à mon arrivée, ni en quittant Matignon, je n'ai de réel échange avec le Premier ministre sur le sens de son sms. Je pense alors qu'il temporise, qu'on en reparlera plus tard. Erreur !

11 h 06

— Je te demande un communiqué de rectification avant la fin de matinée, me somme le Premier ministre dans un nouveau sms, alors que je suis à la conférence franco-allemande sur les énergies renouvelables à l'autre bout de Paris, où je dois faire un discours.

— J'ai informé le PR (président de la République) de ce problème politique, ajoute-t-il encore quelques secondes plus tard.

Et effectivement, il s'écoule quelques minutes avant que je reçoive un sms du président de la République lui-même.

— Tu dois répondre à la demande du Premier ministre, je ne comprends pas ce que tu as fait ce matin. Je t'ai écoutée, m'écrit François Hollande.

13 h 13

Je réponds au Président que je discute avec le Premier ministre. Et au Premier ministre, j'écris un nouveau texto :

— C'est par nos décisions que l'on résoudra ce problème politique.

— Alors tu choisis soit un communiqué ou tu pars, tranche sur-le-champ Jean-Marc Ayrault.

Je n'en reviens pas. Je suis dans la voiture. Je demande au chauffeur de se garer. Je suis choquée, sonnée. Mes mains tremblent nerveusement en écrivant au Premier ministre un nouveau texto :

— Je suis disponible à n'importe quel moment pour en discuter de vive voix.

Il me téléphone. Je suis effondrée, j'accuse le coup, mais j'essaie de ne pas le montrer. Je lui dis que je ne démentirai pas mes propos, que je ne partirai pas, qu'il y a un problème sur la place de l'écologie et de la transition énergétique dans les décisions de notre gouvernement. Qu'il y a les coupes budgétaires, mais aussi que la fiscalité écologique est détournée pour servir à financer le CICE, et que les investissements d'avenir s'avèrent ridicules et très insuffisants au regard des besoins de financement de la transition énergétique. Que le gouvernement ne se donne pas les moyens d'investir pour l'écologie. Que je voudrais le voir pour en parler directement. Il ne veut rien entendre. La confrontation est dure.

— J'ai compris, dit-il sévèrement pour clore la conversation, avant de raccrocher aussi sec.

Moi aussi, ça y est, j'ai mis du temps mais j'ai compris : il veut ma tête.

Je suis toujours dans la voiture immobilisée, assise à l'arrière. Je ressens une tension extrême. C'est sans doute cela qu'on appelle un choix cornélien. J'ai deux possibilités : baisser la tête, démentir les propos tenus le matin devant des millions d'auditeurs, ou ne pas le faire et risquer mon poste. Du plus profond de moi-même, je refuse l'alternative de me soumettre ou me démettre. Il n'est pas question que j'abandonne le combat. Démissionner ? Jamais ! Je veux, comme d'autres ministres ont eu l'occasion de le faire sur d'autres sujets, pouvoir faire entendre ma voix. Un gouvernement est fait de personnalités qui se battent sur des orientations politiques. Jusqu'ici j'étais « la bonne élève disciplinée ». J'ai défendu des positions claires et fermes sur le gaz de schiste, sur le diesel, sur la santé environnementale. Mais j'ai toujours veillé à ne pas alimenter la « machine à couacs ». Certains me le reprochaient d'ailleurs. Ma méthode était de tout faire pour gagner les arbitrages sans étaler les problèmes sur la place publique. Mais là, je n'ai plus le choix car l'essentiel est en cause. Faire du budget de l'écologie la plus forte coupe budgétaire de toute la loi de finances 2014 est lourd de sens politique. C'est à mes yeux un tournant contraire à la volonté énoncée par le président de la République de faire de la France la nation de l'excellence environnementale. Je ne peux pas laisser passer cela. D'autant plus que je me sens flouée : tous les ministères devaient être logés à la même enseigne pour contribuer au redressement des finances publiques. Or c'est faux !

Je décide d'annuler le déjeuner où je devais passer saluer les directeurs du développement durable de plusieurs grandes entreprises. Je file à mon bureau pour être au calme, reprendre mes esprits et avaler vite fait quelque chose avant de défendre un projet de loi à 15 heures à l'Assemblée nationale. Mais je n'arrive pas à manger.

13 h 50

Avant 14 heures, c'est Pierre-René Lemas qui m'appelle. Sur un ton sympa, il commence par me dire qu'il a lu le script de ce que j'ai dit à RTL.

— Tu n'as pas mordu le trait, me rassure le secrétaire général de l'Elysée. Tu as posé un problème politique certes, mais dans des termes acceptables. Mais c'est Jean-Marc, tu comprends, il le prend sur le terrain de l'autorité.

Il m'informe alors que dans le déjeuner qui est en train de se dérouler entre le Premier ministre et le président de la République, mon « cas » s'aggrave. Il me questionne, cherche à comprendre ce que je veux. Il m'explique qu'il sera possible de corriger le budget seulement pour l'ADEME (Agence de l'environnement et de la maîtrise de l'énergie), mais pas tout de suite, en septembre. Je lui expose les termes du communiqué de presse que je suis prête à publier. Je ne peux pas démentir mes propos, mais je propose la mise au point suivante :

« En aucun cas le sens de mes propos tenus ce matin ne visait à remettre en cause les arbitrages budgétaires rendus par le Premier ministre. J'assume l'effort collectif de redressement des finances publiques. Mais j'ai obtenu du Premier ministre et du président de la République l'assurance que dans le cadre des investissements d'avenir et de la mise en place de la fiscalité écologique, les moyens nécessaires seront consacrés à la transition énergétique. »

— Tu vois, c'est honorable pour tout le monde, lui dis-je pour finir de le convaincre.

— Cela paraît correct, me répond Lemas en substance. Je vais voir ce que je peux faire. Je vais en parler au Président. Mais le problème, c'est le risque que le Premier ministre veuille faire un exemple.

15 heures

Lorsque j'arrive à l'Assemblée nationale, j'ai le ventre noué. Je ressens décuplée puissance mille la désagréable sensation de l'élève qui sait que c'est son cas qui est en train d'être discuté pendant la réunion du conseil de classe. Je me dis que le président de la République va me passer un savon, que je serai mise à l'amende publiquement, mais qu'il va me défendre, qu'il ne laissera pas faire ça. Et puis, à l'Assemblée, le soutien explicite des copains du groupe socialiste me conforte. Déjà, en fin de matinée, la porte-parole Annick Lepetit a dit qu'elle n'était « pas choquée » par mes déclarations. Elle commente ainsi mes propos : « elle n'est pas la première et elle ne sera sans doute pas la dernière » à défendre son budget, « elle est dans son rôle, je ne vais pas lui jeter la pierre ». Lorsque je le croise, le député du Gers Philippe Martin me dit : « Bravo Delphine, tu as raison ! » Jean-Paul Chanteguet, le président de la commission du développement durable, auquel j'explique en quelques mots que « ça chauffe », me répond « tu as bien fait ». Lorsque je monte à la tribune, une part de moi-même se demande si ce sera ma dernière intervention comme ministre de l'Ecologie, du Développement durable et de l'Energie. Je vois bien dans tous les regards que les députés scrutent sur mon visage des signes qui leur permettraient de déchiffrer les secrets de l'intrigue politique qui est en train de se jouer. Je lis mon intervention, machinalement, l'esprit ailleurs. Le projet de loi dont il est question est technique et porte sur la transposition de plusieurs directives européennes. De temps à autre, je me ressaisis, je décolle mon nez de ma feuille pour faire avec conviction des digressions sur tel ou tel sujet qui me tient à cœur. Quand je retourne m'asseoir au banc du gouvernement, je reçois un mot d'un député socialiste que j'avais été soutenir dans sa campagne électorale : « Chère Delphine, ta réaction finalement très modérée aux arbitrages budgétaires est tout à fait justifiée. Je voulais te faire part de mon soutien.» A la tribune, c'est maintenant le rapporteur Philippe Plisson qui prend la parole. Je l'écoute expliquer que «les députés socialistes (...) ont su rester fidèles, par-delà les années, les mandatures et la pression des lobbies, à nos engagements en matière de développement durable». Il conclut son intervention en s'adressant à moi : «Je profite d'ailleurs de cette tribune pour vous apporter mon soutien pour la défense du budget de votre ministère, qui doit être conforme à l'engagement du président de la République de faire de la France la nation de l'excellence environnementale.» Mais déjà, mon équipe, debout au pied de l'hémicycle, me fait de grands signes, et me fait porter un mot. Le président de la République veut m'avoir sur-le-champ au téléphone.

Quelques instants plus tard, blême, je me lève du banc des ministres pour demander d'une voix hésitante une suspension de séance. Le président de séance me fait répéter deux fois pour que ma demande soit clairement entendue. Je fais à peine attention aux murmures de commentaires qui se répandent aux quatre coins de l'hémicycle.

15 h 15

J'appelle le président de la République depuis le salon Delacroix. Au téléphone sa voix est douce, mais son ton est ferme :

— Tu aurais dû me le dire qu'il y avait un problème sur le budget de l'écologie, me reproche François Hollande.

On ne peut pas mettre en cause les arbitrages budgétaires.

Je réitère les propos que j'ai tenus à Pierre-René Lemas, lui rappelle les termes du communiqué de presse que je propose. J'essaie de le persuader qu'on peut se sortir de cette situation par le haut :

— Quoi que tu penses de ce que j'ai fait et de ce que j'aurais dû faire, moi c'est seulement samedi que j'ai découvert que le ministère de l'Ecologie était le plus saqué dans les coupes budgétaires, plus que tous les autres, lui dis-je. Aucun ministre de l'Ecologie n'accepterait cela sans réagir.

— S'il y a un problème, c'est à moi qu'il fallait en parler, me répond-il. C'est moi qui ai été élu le 6 mai, me dit-il en accentuant le « moi ».

— Je le sais, j'étais ta porte-parole ! répliqué-je du tac au tac. J'ai scrupuleusement respecté le fonctionnement gouvernemental. Matignon a été alerté dimanche par mon directeur de cabinet, nous n'avons eu aucune réponse. Dès lundi après-midi, j'ai dit exactement la même chose qu'à RTL dans le journal *Le Monde*, cela figure même dans le sous-titre de l'article, je n'ai pas reçu le moindre coup de fil de réaction. Depuis tout à l'heure j'ai demandé un entretien au Premier ministre qui ne veut rien entendre. Même si tu considères que j'ai fait une erreur, cela ne justifie pas la tournure que les événements sont en train de prendre, tout cela est disproportionné.

— Tu vas aller voir le Premier ministre, me dit-il conciliant. Tu vas te mettre d'accord avec lui. Il faut que vous trouviez un terrain d'entente. Si vous ne vous mettez pas d'accord, tu sais ce qui se passera. Tu redeviendras députée. Bon, tu seras alors une députée parmi d'autres… Tu sais, il y en a beaucoup qui sont prêts à prendre ta place au gouvernement. Y compris parmi ceux qui disent te soutenir.

— Oh, je n'en doute pas !

— Tu fais quoi là ? me demande-t-il.

Je lui explique la situation, tout l'hémicycle qui m'attend, le projet de loi en discussion, la séance interrompue et suspendue à notre coup de fil…

— Dès que ton texte est voté, tu vas voir le Premier ministre, conclut-il.

Je retourne m'asseoir au banc à 15 h 22. Tout l'hémicycle scrute mon visage. J'essaie de ne rien montrer, de paraître de marbre. Je ne crois pas y parvenir. Cette conversation avec le Président m'a moyennement rassurée. Je lis une dépêche AFP dans laquelle Cécile Duflot déclare que « la transition écologique est un cap politique à réaffirmer très fortement » mais qu'elle n'a « pas à commenter les discussions budgétaires entre ministres ». J'essaie de me convaincre qu'il y a une chance que j'obtienne ce que je veux. C'est déjà un geste tangible que le Premier ministre soit obligé de me recevoir à la demande du président de la République. J'imagine qu'ensuite le Premier ministre pourra dire qu'il m'a tancée sévèrement, puis que les choses rentreront dans l'ordre. A peine quelques minutes plus tard, je comprends que Jean-Marc Ayrault n'est pas prêt à accepter cette issue. Ce que le

Président lui impose, il veut le faire paraître comme sa propre initiative.

15 h 28

J'inaugure donc, pour la première fois dans l'histoire gouvernementale de la France, la tweet-convocation :

« @Matignon La ministre de l'Ecologie, du Développement durable et de l'Energie a été convoquée par le Premier ministre à l'Hôtel de Matignon. »

Cette brutalité restera dans les annales. « La ministre française limogée via Twitter » sera même au niveau mondial un des événements de l'année sur Twitter.

Dans le débat qui se poursuit à l'Assemblée nationale, c'est la consternation. Lorsque la séance est terminée, quelques députés me glissent « courage » discrètement, comme s'ils avaient désormais peur de s'afficher à mes côtés.

16 h 30

Je quitte l'Assemblée nationale pour l'hôtel Matignon. Le Premier ministre me reçoit. Comme à l'accoutumée, il vient me chercher dans le salon attenant, mais, contrairement aux usages, lorsque nous pénétrons dans son bureau, au lieu de nous asseoir comme pour les échanges en tête à tête à la table de réunion ou bien dans les deux fauteuils qui se font face près de la cheminée, il s'installe derrière son gros bureau, et moi en face. A son expression agacée, d'emblée, je comprends que pour lui cet entretien n'est qu'une formalité imposée par le président de la République.

— La confiance est rompue, attaque-t-il comme pour clore la conversation avant même qu'elle ne s'engage. Tu as remis en cause mes arbitrages budgétaires.

— Je n'ai pas eu d'autre choix que de mettre le problème sur la place publique, ton équipe était prévenue, il y a un problème politique, lui dis-je doucement comme pour faire de la pédagogie. C'est un symbole désastreux que le ministère de l'Ecologie soit celui qui affiche la plus forte baisse des crédits.

— Mais ce n'est pas vrai, tu ne peux pas dire ça, parce qu'il va y avoir les recettes de l'écotaxe qui vont alimenter ton budget (on sait ce qu'il en adviendra !). Et si tu penses que tu n'as pas les moyens de mener ta politique, eh bien, alors tu en tires les conséquences, s'énerve-t-il en bougeant sur son siège et en levant les bras au ciel. Tu ne peux pas être ministre et dire que tu as un mauvais budget pour ton ministère.

Ensuite, lorsque je fais valoir qu'on ne peut pas faire la transition énergétique sans argent, le Premier ministre m'explique en gros que je devais me contenter des apparences. Nous nous disputons sur les chiffres.

— Je sais ce que sont les contraintes budgétaires, je les ai assumées en 2013, lui dis-je fébrile mais déterminée. Le problème va au-delà du budget. C'est significatif d'un problème global et de fond sur l'engagement du gouvernement pour l'écologie. Je souhaite que cette priorité soit clairement affirmée. Tu as décliné toutes les propositions de déplacement que je t'ai faites pour que tu puisses porter, comme chef du gouvernement, la transition énergétique. Toutes les décisions importantes sont reportées ou contestées.

— Il n'y a rien à négocier, rien à obtenir, dit-il pour me rembarrer. La confiance est rompue, répète-t-il une nouvelle fois fermement.

La conversation tourne court. Le Premier ministre est froid et inflexible. Mais ce n'est pas tout, il est persuadé que je ne peux pas avoir de ma propre initiative considéré que le budget de l'écologie est mauvais. Vient la phrase qui me fait bondir et qui encore aujourd'hui me reste en travers de la gorge.

— Qui t'a mis ça dans la tête ? me demande brutalement le Premier ministre.

Mon sang ne fait qu'un tour, je m'insurge :

— Qu'est-ce que ça veut dire, qu'est-ce que tu crois, je ne suis pas une petite fille ! Cela fait plus de vingt-cinq ans que je milite et que je fais de la politique. Cela fait bien longtemps que je prends mes décisions par moi-même.

Il se reprend, essaie de me faire comprendre que ce n'est pas cela qu'il a voulu dire. Mais je suis blessée, humiliée. A cet instant je poursuis la conversation mais une partie de moi-même est ailleurs et observe la scène, comme extérieure aux événements. Moi devant son gros bureau en arrondi qui installe une distance immense entre lui, le détenteur des décisions, et son interlocuteur assis en face. Depuis le début du quinquennat, je déteste ce mobilier excessivement massif, devenu démodé, censé symboliser la lourdeur du pouvoir. J'ai appris par la suite qu'il avait été dessiné par Andrée Putman en 1982 pour Jack Lang, utilisé par Lionel Jospin puis François Fillon, et que Manuel Valls l'a récemment fait changer au profit du vieux bureau de Léon Blum.

Sur ma chaise face à l'épaisseur de ce bureau surdimensionné, j'essaie de repartir à l'assaut pour rouvrir le dialogue, arrondir les angles. Je demande formellement à Jean-Marc Ayrault de rester au gouvernement, je le lui dis clairement :

— Je veux rester au gouvernement.

Il ne veut rien entendre. Il me fait le reproche suprême :

— Tu as poursuivi ta journée depuis ce matin, tu as été avec le ministre allemand, tu as été à l'Assemblée.

Je ne comprends pas ce qu'il entend par là, évidemment que j'ai fait mon travail normalement ! C'est à cet instant que je réalise qu'à ses yeux, depuis le matin, il avait décidé de faire de moi un exemple, une preuve enfin de l'autorité qu'il n'a pas.

Et puis vient le principal, ce qu'il n'a vraiment pas supporté dans mon interview à RTL.

— A RTL, me blâme-t-il, il y a des millions de gens qui écoutent. Ah ça, il doit être content Jean-Michel Aphatie ! Tu te rends compte… Tu as dit qu'il y a des doutes, des déceptions à l'égard de notre politique. Alors si nous on doute nous-mêmes, eh bien ce n'est pas la peine ! Qu'est-ce que tu crois, les temps sont durs ! Tu mets en cause la politique gouvernementale, c'est ça le plus grave.

Le matin à RTL, j'ai simplement fait ce constat : « Il faut dire les choses telles qu'elles sont, il y a une déception à l'égard du gouvernement et il y a un doute sur notre volonté de changement. » Je proteste sur un ton véhément :

— J'ai dit la vérité ! Mais tu n'entends pas ce que disent les Français ? Tu ne vois pas ce qui se passe dans le pays ? On est plus fort si on est lucide, si on dit les choses. Il faut voir la réalité en face !

Il me dit que non, que la situation du pays est trop grave, qu'on n'a pas le droit de dire cela, qu'il se prépare une tempête sociale avec la réforme des retraites et qu'on ne doit pas se poser trop de questions.

— Tu mets en cause notre action, la confiance est rompue, dit-il pour la troisième fois. La confiance est rompue, répète-t-il encore, comme une formule figurant dans le petit manuel des chefs de gouvernement en mal d'ascendant. Tu sais ce qu'il va se passer maintenant. On s'est tout dit.

17 h 28

Je rentre au ministère de l'Ecologie. Je sais que c'est fini. J'ai toujours considéré la responsabilité de ministre comme un CDD, mais je n'imaginais le terme ni si proche, ni surtout si brutal. J'arrive dans la cour de l'hôtel de Roquelaure, une partie de mon équipe m'y attend. Je descends doucement de la voiture sans rien dire. Ce n'est qu'une fois dans mon bureau que je leur dis « voilà, c'est fini ».

Manuel Valls m'envoie un sms pour me demander si « ça va ».

— Moi oui, le gouvernement non. On me démissionne de force, lui dis-je par texto.

— Merde, c'est n'importe quoi, je suis désolé, me répond-il.

Je reçois aussi un message de Benoît Hamon :

— Ton interview sur RTL, solide, équilibrée, sur le fond irréprochable. Je le dirai.

Quand il apprend que je suis virée, il m'écrit de nouveau :

— Nul, rien d'autre, nul et petit.

Le Président m'appelle. J'ai l'impression qu'il me parle comme à une enfant de cinq ans. Il me reproche de ne pas m'être mise d'accord avec le Premier ministre. J'ai l'impression qu'il se parle à lui-même, comme pour se justifier lui-même. Plus tard, je lirai même dans le livre de la journaliste Cécile Amar[2] qu'il prétend en parlant de moi qu'« elle voulait partir ». Ce jour-là c'est pourtant lui qui a décidé de donner ma tête à Jean-Marc Ayrault. Il me dit :

— Tu sais donc ce qui va se passer maintenant, un communiqué part à l'instant, là maintenant, il met fin à tes fonctions.

J'en conclus que, soit ce communiqué a été écrit dans la minute qu'il m'a fallu pour revenir de Matignon au ministère de l'Ecologie situé à deux pas boulevard

2. Cécile Amar, *Jusqu'ici tout va mal*, Grasset.

Saint-Germain, soit qu'en réalité il était prêt, tout comme le nom de mon successeur, depuis la mi-journée et que toutes ces discussions de l'après-midi n'étaient qu'une mascarade.

Le Premier ministre m'appelle à son tour pour me dire une seule chose :

— Je voulais te dire que je ne t'ai jamais prise pour une petite fille.

Il n'empêche, son « qui t'a mis ça dans la tête ? » résonnait comme un cri du cœur emblématique de la façon de penser de cette génération.

18 h 08

Le communiqué de la présidence de la République tombe à l'AFP :

« Sur proposition du Premier ministre, le président de la République a mis fin aux fonctions de Madame Delphine BATHO et a nommé Monsieur Philippe MARTIN, ministre de l'Ecologie, du Développement durable et de l'Energie. »

Dans quelques heures sur les réseaux sociaux, les gens se déchaîneront en commentaires en comparant ce communiqué à celui qui avait été publié le 19 mars lors de la démission forcée de Jérôme Cahuzac :

« Je remercie Jérôme Cahuzac pour l'action qu'il a conduite depuis mai 2012 (…). Il l'a fait avec talent et compétence. Je salue la décision qu'il a prise de remettre sa démission de membre du gouvernement pour mieux défendre son honneur. »

Qu'ai-je donc fait pour ne pas même mériter une phrase de politesse ou de remerciement pour mon travail ? En quoi ai-je démérité, comparé à un fraudeur fiscal qui a sali l'honneur de la gauche et du gouvernement de la France ?

Après 19 heures

Je réunis la quinzaine de membres de mon cabinet au ministère. Tout le monde est sonné. Ils ont suivi les épisodes depuis la matinée. Je leur raconte ce qui s'est passé, je leur dis que je suis désolée. Tous se demandent si ce sera la fin de l'aventure ministérielle pour eux aussi. Je commence à penser à la logistique pour faire mes cartons. Je réponds en même temps aux nombreux appels. Je sors dans le jardin du ministère téléphoner d'abord à mon suppléant, Jean-Luc Drapeau, qui ne sera plus député. Je suis émue aux larmes, tellement navrée que tous ces événements aient pour lui aussi une conséquence brutale. Il a abandonné ses fonctions exécutives locales pour être député parce que je tenais au respect du non-cumul des mandats qu'aucune loi n'imposait. J'ai Harlem Désir au téléphone. Daniel Cohn-Bendit me dit que ce sont des machos. Je lui réponds que je n'exclus pas cette dimension dans la décision qui me vise, mais que c'est plus grave que cela, que l'on ne peut pas réduire ce qui vient de se passer à du sexisme. Nicolas Hulot, qui est pour moi une référence, me soutient tout de suite. José Bové aussi. Ce dernier m'envoie un message pour me dire : « C'est un mauvais signal pour l'écologie. Tu as été courageuse et tes convictions sont fortes.» Les membres du Conseil national de la transition écologique, qui étaient en réunion au ministère, sont sidérés et viennent m'embrasser dans mon bureau et me dire au revoir.

Mes amis fidèles Malek Boutih et Eric Benzekri passent me remonter le moral. Je reçois d'autres coups de fil, ceux de plusieurs collègues ministres comme Frédéric Cuvillier, Marisol Touraine. Tout le cabinet m'aide à faire mes cartons. On fait la chaîne, on se passe les piles de dossiers. Pour faire baisser la tension on manie l'ironie et on blague un peu. Tout est réglé en quelques minutes. On dîne ensemble, on évoque quelques souvenirs rocambolesques de la vie ministérielle pour que l'ambiance soit moins triste. Très tard, après minuit, j'écris les quelques mots que je prononcerai le lendemain pour la passation de pouvoir lors de laquelle j'écorcherai ce mot «limogeage» que je n'arrive pas à prononcer.

D'un œil distrait, je regarde de temps en temps les chaînes d'information ou les dépêches AFP. Pascal Canfin, qui le matin me souhaitait «bon courage», n'a pas perdu de temps pour saluer immédiatement la nomination de Philippe Martin. Dans la matinée, les réactions des Verts étaient plus combatives. Pascal Durand, le secrétaire national des Verts, s'était réjoui : «Ça fait du bien à la démocratie qu'on arrête d'être dans des logiques où tout le monde se tait. Elle est en colère parce qu'elle défend l'écologie.» Jean-Vincent Placé avait dit lui que les Verts ne sont «pas loin de la sortie» du gouvernement.

Noël Mamère demandait une réunion de crise. Il l'obtiendra. Les Verts se réuniront le soir même, à la façon de ces faux psychodrames dont ils ont le secret, au ministère du Logement, dont d'ailleurs personne ne s'étonnera qu'il soit transformé en annexe de locaux de parti politique. A la sortie, ils annoncent qu'ils restent au gouvernement. Mais qu'« il est clair que, pour les écologistes, il est impossible de voter un budget où l'écologie baisse autant ». Ils voteront pourtant comme un seul homme, quelques mois plus tard, la baisse de 7 % du budget de l'écologie, aggravée par l'abandon de la taxe poids lourds. Yannick Jadot illustrera ce courage politique avec élégance : « On n'allait pas mourir pour Batho. » Mourir, certes non, mais se battre pour l'écologie ?

Après une nuit de quelques heures où même dans le sommeil le cerveau n'arrête pas de réfléchir, je retrouve une dernière fois le ministère le mercredi 3 juillet au petit matin. Je reçois d'abord les directeurs généraux du ministère pour les remercier de leur collaboration. Puis tout est prêt. La passation de pouvoir avec Philippe Martin est glaciale. Sur le bureau vide où j'ai fait place nette, j'ai placé le document qu'il m'avait envoyé sur son travail sur les circuits courts dans le Gers, pour faire un clin d'œil à la visite que je lui avais rendue il y a quelques années dans son département. Mais cela ne réchauffe pas l'atmosphère. Philippe me dit très aimablement que l'on n'a rien à se dire. Nous échangeons quelques formules banales dans ce genre de circonstance. Je lui dis de ne pas hésiter à m'appeler en cas de besoin sur certains dossiers et des choses de ce genre. Sur le perron du ministère, je ne fais pas un long discours mais je remercie nominativement chacun des membres du cabinet qui ont œuvré à mes côtés, travaillant souvent jour et nuit, pour rendre hommage à l'engagement de toute l'équipe.

Je suis déterminée à ne pas me laisser faire. A ne pas accepter en silence la violence de cette éviction ni son lourd sens politique. Ce qui vient de se passer va bien au-delà de la sanction d'une ministre qui a fait une déclaration sur son budget. C'est totalement disproportionné ! La baisse du budget de l'écologie ressemble à une provocation. Je me demande si je ne suis pas tombée dans un piège. Depuis des semaines et des semaines la tension montait. Le Batho-bashing battait son plein. Les articles de presse comportant moult citations des conseillers de l'Elysée et de Matignon me dézinguant littéralement se multipliaient : « décevante », « elle est passée un peu trop vite de l'UNEF à un ministère » (entre parenthèses, je n'ai jamais été membre de l'UNEF), et j'en passe ! Quand le 2 juillet au matin je fais mes déclarations sur le budget de mon ministère, c'est comme s'ils tenaient enfin l'occasion de se débarrasser de moi.

S'en sont-ils rendu compte ? Ils ont limogé la moins diplômée et la moins dotée en patrimoine du gouvernement. Je n'ai pas été candidate aux primaires. Je n'ai pas de courant. Je me moque des sondages de popularité. Je n'ai pas fait de « plan de com' » personnel à la tête de mon ministère, d'ailleurs c'était assurément une erreur. Je ne suis pas une obsédée de la notoriété, ma méthode c'était de travailler d'abord et de parler ensuite, comme si j'avais le temps devant moi... Je me suis consacrée sept jours sur sept à ma tâche et non pas à préparer le coup d'après. Je suis une cible facile. Et surtout, je tiens tête sur nombre de dossiers où je n'accepte jamais les reculs environnementaux auxquels on voudrait que je donne ma bénédiction. Je refuse d'alléger la réglementation sur les élevages porcins intensifs, je refuse que les agences de l'eau financent les retenues de substitution pour l'irrigation des grandes cultures céréalières alors que les nappes phréatiques sont exsangues. Je refuse que la simplification des réglementations environnementales – parfois ô combien nécessaire ! – se traduise par un permis de détruire la nature et de polluer. Bref, je suis une « méga-enquiquineuse ». Sans parler des sujets explosifs comme de la nitroglycérine que sont les permis miniers, le gaz de schiste ou la réduction de la part du nucléaire dans le mix énergétique sur lesquels je tiens bon. Jugez-en par la liste des reculs qui sont intervenus après mon éviction : levée du moratoire sur les retenues de substitution, allègement de la réglementation sur les élevages porcins en matière de nitrates, suppression du crédit d'impôt pour les particuliers qui s'équipent de panneaux photovoltaïques, baisse du bonus pour l'achat d'une voiture électrique, abandon de la perspective d'une loi cadre pour l'économie circulaire, recul de la position de la France sur les trois objectifs contraignants à l'horizon 2030 concernant le paquet énergie-climat européen, report puis reculade sur la taxe poids lourds, report du projet de loi de transition énergétique, acceptation sous la pression du Medef que le débat national sur la transition énergétique ne débouche sur aucune « recommandation » mais seulement sur une « synthèse », diminution des investissements d'avenir pour l'écologie, en dessous de ceux mis en place par Jean-Louis Borloo… la liste est longue !

Mon limogeage le 2 juillet est en réalité le paroxysme d'une montée en tension qui couvait depuis des semaines, voire des mois. Je n'étais pas la bonne personne pour renoncer à la volonté de changement et me couler dans la résignation ambiante. Mes anciens chefs ont oublié pourquoi ils m'ont choisie pour être leur porte-parole dans la campagne, puis ministre. Ils m'ont vue m'atteler aux sujets les plus difficiles pour la gauche, comme la violence et l'insécurité, sur lesquels j'ai travaillé pendant plus de dix ans. Dans l'opposition, ils avaient apprécié ma pugnacité, par exemple pour faire éclater le scandale des sondages de l'Elysée, pour interpeller la droite sur l'affaire Karachi, pour dénoncer les connivences entre le système Sarkozy et les puissances de l'argent. J'étais en première ligne, j'avais pris des coups, je n'avais pas flanché. Plus jeune, lorsque j'étais lycéenne et présidente de la FIDL (syndicat lycéen, « Fédération indépendante et démocratique lycéenne »), j'avais déjà eu à affronter un gouvernement de gauche.

Pendant un an et onze jours, ministre de la République, je suis restée fidèle à ce que je suis. J'ai bien sûr construit des compromis, je n'ai pas gagné tous les arbitrages, loin de là, comment serait-ce d'ailleurs possible ? Mais je n'ai pas avalé de couleuvre, non par fierté ou par orgueil, mais parce que l'idée que je me fais de l'action de la gauche aux responsabilités doit se rapprocher du mieux possible de notre idéal. Je n'étais pas naïve. Je n'ai jamais pensé que « gouverner c'est trahir ». Je savais que tout n'était pas possible tout de suite, que les contraintes et les résistances seraient fortes. Mais je n'imaginais pas le degré de cynisme qui a immédiatement, dès le mois de mai 2012, entouré l'exercice du pouvoir.

*

Les savants de Marseille

Lorsque j'ai été « parachutée » dans les Deux-Sèvres, en 2006, un an avant ma première campagne législative, j'ai été accueillie à bras ouverts par une multitude de personnalités chaleureuses que je n'oublierai jamais.

Parmi elles, Pierre Poupin, à l'époque maire socialiste de Melle, retraité de Rhône-Poulenc, m'a reçue pour la première fois dans sa mairie avec une certaine réjouissance : je n'avais pas fait l'ENA, ce qui à ses yeux était une qualité majeure compte tenu de ce qu'il observait de la vie politique et de son éloignement des aspirations populaires.

Entré à l'usine de Melle comme technicien dessinateur, Pierre Poupin n'a pas fait l'ENA non plus. Mais il est devenu ingénieur responsable des services généraux grâce à la formation interne que l'entreprise Rhône-Poulenc dispensait alors à ses salariés. Celle-ci se déroulait sur deux ans à Marseille, ce qui fait qu'à l'usine de Melle, tous ceux qui étaient passés par ce cursus étaient surnommés avec humour « les savants de Marseille ».

L'usine de Melle a changé plusieurs fois de nom et de groupe, de Rhône-Poulenc elle est par la suite devenue Rhodia-Danisco, puis maintenant Solvay-Dupont. Mais elle est toujours là. Et lorsque j'ai revu Pierre Poupin en septembre 2013, après toutes les péripéties qui me sont arrivées, il me l'a certifié :

— Alors, tu vois, je te l'avais dit que c'était une qualité de ne pas avoir fait l'ENA ! Si tu avais fait l'ENA, tu l'aurais fait le communiqué de démenti qu'ils te demandaient…

★

La victoire

(6 mai 2012)

Souvenez-vous, c'était il n'y a pas si longtemps, à peine plus de deux ans et demi. Une éternité ?

Ce soir du 6 mai 2012, c'est la victoire, enfin !

C'est avec les Deux-Sévriens que je voulais vivre l'émotion tellement attendue, à 20 heures, pour la proclamation de l'élection de François Hollande. Je suis émue et tellement contente… Dix ans que la droite était au pouvoir, vingt-quatre ans que la gauche n'avait pas gagné une élection présidentielle. Je voulais être pour cet instant aux côtés des miens, de mes amis et camarades de combat. Puis j'ai filé à Paris, passant une partie de la soirée du 6 mai 2012 dans… le TGV ! Etre dans ma circonscription rurale et être à la Bastille, ce jour-là, grâce à la SNCF, j'ai réussi à faire les deux !

J'ai vécu cette campagne présidentielle en première ligne. Cela a été une campagne agréable, professionnelle, avec un bon esprit d'équipe. Quand j'y repense, ces temps me paraissent bénits. Presque tous les matins, Manuel Valls, chargé de la communication et véritable maître d'œuvre auprès du candidat François Hollande, réunissait l'équipe des porte-parole que nous formions avec Bernard Cazeneuve, Najat Vallaud-Belkacem et Bruno Le Roux. L'ambiance était bon enfant. Manuel dirigeait tout cela avec une autorité naturelle, dans un climat d'émulation positive. Nous passions en revue tous les arguments, tous les angles d'attaque. C'est là que se discutait au jour le jour une partie de la stratégie de campagne. Nous échangions autour des remontées de terrain pour ajuster, et, si besoin, alerter le candidat lui-même.

Sur le terrain, justement, l'espoir nous portait. François Hollande avait «la cote». Qu'il était facile de distribuer des tracts, de faire du porte-à-porte et de coller des affiches sous les encouragements de la population! Les primaires avaient été une vraie réussite. Elles avaient intéressé les citoyens, et à leur issue le rassemblement des socialistes n'a pas connu d'accroc.

Le candidat lui-même, François Hollande, était plaisant avec tous. Il était agréable de travailler avec lui, même si, peu à peu, ceux qui le connaissaient depuis longtemps le voyaient changer pour devenir tranchant, exigeant, empreint de gravité, comme aspiré par la fonction ou plus exactement par l'idée qu'il s'en faisait.

Dans cette campagne, il y avait une mobilisation du peuple de gauche, un soutien populaire, mais il n'y avait pas d'allégresse, pas de ferveur. Les citoyens qui voulaient la victoire de la gauche étaient parfaitement lucides sur la gravité de la situation du pays. Ils voulaient le changement, sachant pertinemment que tout ne serait pas possible tout de suite et que des efforts seraient nécessaires. Nous savions, et les Français aussi, que rien ne serait facile.

Le 6 mai, la joie était bien là, mais elle était contenue, comme sur la réserve. Ce soir-là, prenant la parole peu après 20 heures dans les Deux-Sèvres, après toutes les paroles de réjouissance et de remerciement aux militants, j'ai dit : « La tâche historique de François Mitterrand avait été de permettre l'alternance et de faire la démonstration que la gauche pouvait conquérir le pouvoir et gouverner dans la durée. La tâche de François Hollande et de notre génération est de réussir le changement. Les Français attendent des changements rapides dans leur vie quotidienne comme dans la façon d'exercer le pouvoir. Les difficultés considérables nous assaillent, la dette, le chômage. Pour réussir le changement, il faudra tenir bon sur l'enjeu décisif : celui de la réorientation de la construction européenne. Tous les peuples d'Europe nous regardent et attendent la France pour sortir de l'impasse de l'austérité. » Nous étions conscients de nos responsabilités.

Dès le lendemain de la victoire, je suis repartie en campagne, cette fois pour les élections législatives. Au lendemain de l'investiture du président de la République, le 16 mai, vers 15 ou 16 heures, je ne sais plus, Jean-Marc Ayrault me téléphone. Je me souviens presque de chaque mot de la conversation que je retranscris de mémoire.

— Allo, c'est Jean-Marc, je t'appelle pour la composition du gouvernement. Je suis avec François. Mais d'abord, as-tu réglé cette histoire d'appartement ? me demande-t-il à propos du logement dont j'étais locataire dans le XIXe arrondissement de Paris.

A la toute fin de la campagne présidentielle, la droite avait instruit contre moi une polémique à charge en faisant croire que j'étais locataire d'un logement social de la Ville de Paris. J'ai dénoncé vigoureusement ces mensonges et cet amalgame grossier puisque je n'ai jamais été locataire d'un HLM, ni n'ai jamais bénéficié du moindre privilège lié à ma fonction, mais la suspicion était jetée. Cette cabale avait pris, et mon adresse ayant même commencé à circuler, j'avais pris la décision de déménager pour protéger la tranquillité de ma famille.

— C'est déjà fait, dis-je au nouveau Premier ministre, je suis en train de déménager, le bail est déjà résilié.

— Bon. Je te passe François – et il me passe sur son téléphone portable le président de la République.

— C'est très important, me dit François Hollande. Il ne faut pas que tu dormes ce soir chez toi. Tu n'y habites plus. Il faut que l'on puisse dire que tu n'y habites plus. Il y a des hôtels, ça existe. Dès ce soir, tu n'y dors pas, c'est compris ?

J'entends juste à côté la voix de Jean-Marc Ayrault qui dans un élan d'humanité dit : « Mais il y a un bébé ! »

— Il a quel âge ? me demande le Président.

— Bientôt deux ans.

— Eh bien, tu l'emmènes avec toi, tu règles ça, d'accord ?

— D'accord, lui concédé-je sans même essayer de discuter, tout en imaginant catastrophée l'image de moi, mon fils dans un bras, nos valises dans l'autre, à la recherche d'un hôtel.

— Bon, alors voilà, pour toi j'ai pensé à ministre déléguée à la Justice auprès de Christiane Taubira, qui sera donc garde des Sceaux, continue François Hollande. Taubira incarnera les valeurs de la Justice et de la République. Mais je veux aussi donner une dimension d'efficacité et d'ordre dans ce ministère régalien. Tu seras chargée plus particulièrement des prisons, de l'exécution des peines, de toutes ces questions-là. Est-ce que cela te convient ?

— Oui, bien sûr. Merci de ta confiance. J'aime beaucoup Christiane Taubira. J'ai compris ce que tu veux, je vais le faire.

Aussitôt raccroché, je rentre immédiatement chez moi organiser ma nouvelle vie provisoire, au summum du sentiment de culpabilité de la mère de famille faisant un choix professionnel lourd de conséquences.

Partir le soir même, je l'ai fait. J'ai trouvé cela dur, mais je l'ai fait. J'ai fait ce choix pour pouvoir agir librement et parce que j'ai toujours su qu'il pouvait y avoir des circonstances qui méritent que le personnel passe au second plan. C'était violent, et pourtant j'ai trouvé cela normal d'avoir à épargner au gouvernement une polémique stupide. J'ai assumé pleinement le choix de me mettre entièrement au service de la République.

Le lendemain matin, j'ai pris mes fonctions place Vendôme, je me suis rendue au premier Conseil des ministres du quinquennat.

Ceux qui me voient poser souriante pour la photo du premier gouvernement du quinquennat, veste noire et écharpe bleu turquoise, se disent que j'ai choisi cette couleur bien voyante pour me faire remarquer. En réalité, je la porte pour que l'on ne fasse pas attention aux cernes sous mon regard. Me voilà ministre de la République, mais je n'ai presque pas dormi de la nuit.

*

Chocolat chaud à la Chancellerie

Dès mon limogeage prononcé, Christiane Taubira a cherché à me joindre. Je n'en ai rien su, car ma messagerie était pleine et que la garde des Sceaux appelle toujours en numéro masqué auquel j'ai pour règle de ne jamais répondre. De guerre lasse, elle a fini par m'envoyer un sms le 4 juillet. Je viens d'être limogée, je viens de prononcer un lourd réquisitoire contre la politique du gouvernement et du président de la République, mais Christiane Taubira, elle, m'invite à la Chancellerie ! Elle me propose en effet une rencontre dans les tout prochains jours. J'admire profondément cette femme, sa culture, son maniement admirable de la langue française.

Nous nous sommes vues longuement le jeudi 11 juillet. A mon arrivée place Vendôme, les gardes et huissiers m'ont accueillie avec beaucoup d'égards, prononçant ostensiblement des « Madame la Ministre » souriants et réprobateurs à l'intention de ceux qui m'ont licenciée. En cette journée de juillet ensoleillée, Christiane m'a invitée à boire un chocolat chaud, elle qui n'aime pas le café. Nous parlons tranquillement. Je comprends assez vite dans la conversation que si elle me pose des questions, c'est parce qu'elle s'interroge elle-même. Elle me dit qu'elle n'est pas garde des Sceaux pour avoir fait seulement le mariage pour tous. Le principal, pour elle, c'est la reforme pénale. Si elle ne peut pas la faire, elle ne restera pas.

Christiane Taubira m'a reçue à son ministère, tel un acte d'amitié mais aussi de liberté. J'ai été brièvement ministre déléguée à ses côtés pendant un mois et une semaine. Le ministère de la Justice, comme tous les ministères régaliens, s'est toujours mal accommodé d'un schéma de gouvernance à deux têtes, et nous n'y avons pas fait exception. Mais tout ce qui a été écrit sur nos supposées relations orageuses à la Chancellerie entre le 16 mai et le 21 juin 2012 est faux. Si nous avions des débats de fond sur la prison, les adolescents délinquants, le calendrier de la mise en œuvre des réformes de la gauche, si son directeur de cabinet d'alors semblait prendre un malin plaisir à restreindre mon périmètre d'action et à me suspecter d'être l'œil de la place Beauvau à la Chancellerie en raison des idées que j'ai toujours défendues sur la sécurité, jamais les portes n'ont claqué. Je veux tordre le coup une fois pour toutes à cette légende.

*

Ministre de l'Ecologie, du Développement durable et de l'Energie

(21 juin 2012)

Cette fois, c'est Jean-Marc Ayrault qui m'a proposé le job. Alors qu'à la Chancellerie, place Vendôme, un petit concert était donné pour un bref temps de détente à l'occasion de la fête de la Musique le 21 juin après-midi, mon secrétariat me dit de rappeler illico presto le Premier ministre. Quelques jours après le résultat des élections législatives largement remportées par la gauche, la composition du gouvernement Ayrault 2 se prépare.

— Tu vas bouger, me dit Jean-Marc Ayrault.

— Je ne suis pas demandeuse de bouger, je suis bien à la Justice, j'ai commencé un travail passionnant, je veux aller au bout.

Alors ministre déléguée auprès de Christiane Taubira, je venais le dimanche précédent d'être, à la surprise générale, réélue députée dès le premier tour dans la 2e circonscription des Deux-Sèvres, pourtant redécoupée avec trois cantons supplémentaires penchant plutôt à droite.

— Oui, oui d'accord, mais si, tu vas voir, tu vas bouger parce que tu es promue, me répond le Premier ministre comme pour ménager son effet de surprise. Tu es promue parce que tu vas être ministre de l'Ecologie, du Développement durable et de l'Energie. De toute façon, depuis le début, je voulais que tu sois ministre de plein exercice.

— D'accord mais… Et les prisons ? Et la réforme pénale ? Il ne faudrait pas que mon départ ici soit interprété comme un changement de ligne sur les questions de politique pénale.

— Ne t'inquiète pas de ça, on s'en occupera, il n'y aura pas de laxisme.

— Et Nicole Bricq ?

— Mais Nicole, ne t'inquiète pas pour elle. Elle va au Commerce extérieur. Elle sera devant toi dans l'ordre protocolaire.

— Bon, mais… l'écologie je connais, c'est vraiment depuis toujours une conviction fondamentale. Sur l'énergie, les enjeux sont considérables, c'est passionnant, mais honnêtement je n'ai pas les connaissances techniques.

— Mais ne t'inquiète pas ! Sur l'énergie, ce ne sont pas les connaissances techniques qui sont importantes, ce sont les arbitrages politiques. Tu verras, ce ne sont que des problèmes à arbitrer, il faut faire de la politique. Et puis on va t'aider.

— Mais je ne connais pas les équipes, les ressources pour nous aider.

— On t'en fournira.

— Bon, je vois… de toute façon ta proposition ne se refuse pas. Vraiment, merci beaucoup.

Voilà comment je me retrouve investie de ce qui m'apparaît comme le ministère de l'avenir, du climat, du patrimoine naturel, du bien-être, et de tout ce qui constitue pour moi l'horizon d'un vrai projet de civilisation progressiste. De longue date je suis convaincue qu'il ne peut pas y avoir de sortie de crise sans changement de modèle et que c'est autour des enjeux écologiques que cette mutation doit s'organiser. Je suis enthousiaste et en même temps humble devant l'ampleur des défis. J'ai le sentiment que, pour la première fois dans mon parcours engagé, l'intime – tout ce que j'aime dans la « vraie » vie – et le politique se rejoignent. J'ai enfin la possibilité d'agir. La tâche est immense…

Je garde l'information que vient de me donner le Premier ministre pour moi et je commence à réfléchir à cette nouvelle mission dans l'attente de son annonce officielle. C'est finalement en toute fin de journée, à la télévision, que le secrétaire général Pierre-René Lemas donne enfin lecture de la composition du nouveau gouvernement sur le perron de l'Elysée. C'est officiel, dans le gouvernement Ayrault 2, me voici promue ministre de l'Ecologie, du Développement durable et de l'Energie, bombardée numéro dix du gouvernement. Cela ne fait pas cinq secondes que Lemas a fini de lire sa liste, que les sms pleuvent sur mon portable. Il sonne. Le premier appel que je reçois, c'est celui d'Arnaud Montebourg. Il est enthousiaste :

— Allooo Delphine, c'est Arnaud, c'est for-mi-dable ! On va travailler ensemble. Je suis vraiment content. On a plein de dossiers en commun…

Je le remercie chaleureusement, je lui raconte que je ne m'y attendais pas. Il m'écoute à peine, et tout à son enthousiasme, continue :

— Nicole a géré n'importe comment l'affaire avec Shell en Guyane.

La semaine précédente, la ministre avait annoncé la suspension des autorisations de travaux attendues par Shell pour pouvoir commencer les forages pétroliers à 150 kilomètres des côtes guyanaises dans le cadre d'un permis de recherche déjà délivré par le précédent gouvernement. Elle avait ensuite été désavouée et les arrêtés préfectoraux avaient été signés. Mais Arnaud Montebourg n'en dit pas plus sur ce sujet et continue :

— Et puis tu sais il y a le gaz de schiste, il faut qu'on en parle. Ils ont du gaz à 2 dollars aux Etats-Unis, ils vont relocaliser toute leur industrie. Il faut qu'on fasse pareil. La vérité, c'est que Ayrault et Hollande sont pour, mais qu'ils n'osent pas le dire…

— Heu… il va falloir qu'on en parle, oui, parce que moi je suis contre, lui répondis-je.

Ainsi commencèrent mes premières minutes de ministre de l'Ecologie, du Développement durable et de l'Energie. *You're welcome !*

★

Souvenirs d'enfance

Aussi loin que je remonte dans mes souvenirs d'enfant, la crise écologique est là. Il y a d'abord ce souvenir flou d'un séjour en Bretagne, avec ma mère. Je ne me souviens plus du nom de ce village, je sais juste que nous sommes au printemps 1978. J'ai cinq ans. Nous arrivons dans un petit port de pêche. Il y a des hommes avec des cuissardes jaunes qui leur montent jusqu'à la poitrine. Ils sont plongés dans une mer de pétrole. Ça pue. L'eau du port est entièrement noire. Les hommes tiennent des espèces de gros tuyaux qui, comme des aspirateurs, tentent d'absorber le mazout. J'étais trop petite pour me souvenir en détail de la catastrophe de l'*Amoco Cadiz*. Je me souviens seulement de l'odeur, de la tristesse, de cette impuissance, et de ces mots qui sont entrés tôt dans mon vocabulaire : « marée noire ». J'ai eu à les répéter souvent lorsque l'été, en construisant des châteaux de sable, nous tombions sur des plaques de mazout. Malheur à nos petites mains ou à nos petits pieds, il fallait beaucoup de savon pour faire partir ces taches noirâtres et collantes.

Et puis sont venues d'autres catastrophes. Je me souviens des enfants de Bhopal et de ces images insoutenables que montraient les télévisions. J'ai onze ans. Je me souviens comme si c'était hier de Tchernobyl. Je suis adolescente, je commence à m'intéresser à la politique, au monde qui nous entoure. Je parle avec un copain de ce nuage radioactif. « C'est impossible, me dit-il, que ce nuage n'ait pas touché la France. » Le copain a quelques années de plus que moi. Je lui demande de m'expliquer la cause de cet accident nucléaire.

Comme les inégalités Nord-Sud, les famines en Afrique, le racisme en France, les injustices de toute sorte qui nourrissent un sentiment de révolte, la crise écologique a fait partie des fondamentaux de ma prise de conscience politique. Si elle n'a jamais été pour moi un combat séparé des autres, l'écologie n'a jamais été à mes yeux un simple sujet parmi d'autres. Elle touche à l'intime, à l'amour de la nature, aux valeurs que m'a transmises ma famille. Chez moi, dans les années 70, on veillait à choisir des céréales sans pesticides. On était convaincu que la qualité de l'alimentation était essentielle pour la santé. Mes parents, artistes tous deux, n'étaient pas des soixante-huitards dans le sens libéral et libertaire de cette notion, ni des babas cool. Mais ils sont de cette génération née juste avant la Deuxième Guerre mondiale qui s'est émancipée et qui a développé des idées progressistes. Mon père, John Batho, relieur devenu artiste photographe et professeur des écoles supérieures d'art, est fils de maraîcher. Chez nous on aime cultiver la terre, même un modeste potager, on s'extasie devant les fleurs, les couleurs, les senteurs. J'aime les paysages, qui étaient la matière première des tableaux de ma mère, le contact avec les éléments. Enfant, j'ai passé des dizaines d'heures dans les fermes de paysans de montagne en Savoie, j'aimais aider pour faire les foins et traire les vaches, ramasser les myrtilles pour les confitures et les orties pour la soupe. Je ne connais pas les noms latins des fleurs, mon savoir botanique est une science populaire. J'adore le jardinage. Tout cela, c'est mon jardin secret au sens propre et figuré. Pendant des années mes camarades de combats militants, urbains jusqu'à l'os, ont d'ailleurs moqué mon côté « fleur bleue », « petite maison dans la prairie ». Mais finalement je le revendique, l'amour charnel de la nature est quelque chose d'essentiel à mon existence, comme une forme de communion avec la planète. Au collège j'aimais la géographie, la biologie. Adolescente, j'avais par-dessus tout une passion pour les volcans et pour cette idée toute simple que sur la Terre, même la roche est « vivante ». J'aimais *Voyage au centre de la Terre*, le roman de Jules Verne, et la théorie de la tectonique des plaques qui était en train de révolutionner la volcanologie. Je voulais même faire le métier de Haroun Tazieff, embrasser une carrière scientifique et la profession de vulcanologue, mais la vie en a décidé autrement. La passion de l'engagement m'a dévorée tout entière. Je suis si heureuse aujourd'hui en Deux-Sèvres, dans ce territoire rural où j'ai tellement de plaisir à retrouver des gens et des amis qui ont la même passion pour la nature.

*

La bataille du gaz de schiste, épisode 1

Concentrée sur mon action au ministère de la Justice et sur la campagne des élections législatives, je n'avais pas prêté beaucoup d'attention, je l'avoue, aux informations sur cette histoire de forage pétrolier de Shell en Guyane jusqu'au coup de fil d'Arnaud Montebourg juste après l'officialisation de ma nomination à l'Ecologie. Il ne m'aura fallu que quelques secondes pour comprendre que j'arrive en terrain miné. C'est comme si tout d'un coup, apparaissait l'envers du décor et que la belle mission se transformait en chemin de croix. Je passe mes premières heures de ministre de l'Ecologie à essayer de démêler la gestion de ce dossier guyanais. Et à enquêter pour savoir si c'est la raison du changement de ministre. J'aurai rapidement la conviction que non, qu'il y avait d'autres raisons, mais je n'y étais pas et ne m'exprimerai pas à la place de Nicole Bricq sur ce sujet. Demeure néanmoins une part de doute. Cette affaire des forages en Guyane est déjà pour le moins révélatrice de la fébrilité du nouveau pouvoir vis-à-vis des entreprises de la «World Company», ainsi que de la vision de Matignon sur tous les dossiers de ce genre. Il y a une règle en politique, imparable, que je me rappelle à cet instant précis, c'est que les débuts déterminent toujours la fin. J'ai la hantise que les circonstances de mon arrivée à la tête de ce ministère prédéterminent ce qui va se passer. J'essaierai coûte que coûte de faire mentir la règle.

Le dialogue social environnemental est d'emblée plombé par cette affaire de forage pétrolier et je dois passer du temps à recréer de la confiance avec les associations. J'ai pour seule arme ma sincérité et l'envie que la gauche accomplisse enfin de nouveaux progrès pour l'écologie. Sur cette base, j'engage la préparation de la première conférence environnementale qui doit marquer le début du quinquennat.

Il ne m'a donc pas fallu plus de quelques minutes pour comprendre que c'est sur ce dossier du gaz de schiste que la pression sera majeure. Je l'ai su dès l'appel d'Arnaud Montebourg. Et aussi dès les échanges avec Christophe Chantepy, directeur de cabinet du Premier ministre, sur les termes d'un communiqué que nous rédigeons le 22 juin au soir confirmant les objectifs de la réforme du code minier. Le paragraphe sur le gaz de schiste sera purement et simplement supprimé pour éviter d'entrer dans le débat entre les termes « exploitation » ou « exploration ». Cet épisode, qui date du lendemain de ma nomination, me confirme qu'il s'agit du premier problème politique que je vais devoir affronter.

Dans les jours qui suivent, le samedi 30 juin, dans l'après-midi, j'ai un long entretien à Bercy avec Arnaud Montebourg pour passer en revue la situation politique et nos dossiers respectifs. Il m'explique que l'état industriel de la France est désespéré et bien plus catastrophique que prévu. Qu'il va falloir essayer de construire un accord avec le patronat. A posteriori, je vois dans ces termes les prémices du pacte de compétitivité. Il me refait longuement sa démonstration sur le gaz de schiste américain. Je lui explique que tout retard dans la mutation écologique de la politique énergétique est du temps perdu pour le développement des technologies du futur. Mais je sens bien que je ne l'ai pas convaincu et qu'il a compris que, malgré notre communauté de vue politique sur bien d'autres sujets, il y a entre nous un désaccord lourd. Nous n'aurons plus jamais par la suite d'échange de ce genre – à une exception près –, mais seulement des réunions avec nos collaborateurs. Nous avons fait ensemble du bon boulot sur quelques dossiers, mais, structurellement, Arnaud n'est pas écolo. Il ne perdra plus de temps à essayer de me convaincre des bienfaits du gaz de schiste…

Quant à moi, dans l'immédiat, j'épluche tous les rapports sur le sujet, je fais remonter toutes les notes des services, j'examine chacun des aspects : techniques de forage, impact environnemental, liste des produits chimiques utilisés, évaluation économique, le tout sans a priori. Je fais le tour de la question, je me forge une conviction. Je passe même mes maigres dix jours de vacances début août à ne lire que des documents sur les gaz de schiste ! Je comprends que la bataille ne fait que commencer, que le gouvernement de gauche va être soumis à une pression considérable et qu'évidemment, le contexte de crise économique va être instrumentalisé.

J'ai la conviction que la conférence environnementale programmée pour la rentrée de septembre doit être l'occasion pour le nouveau pouvoir de dire clairement sa position, alors que des rumeurs savamment entretenues laissent entendre que la gauche va ouvrir la porte au gaz de schiste. Lors de l'université d'été du Medef fin août 2012, le patronat, par la voix de Laurence Parisot, en fait une de ses revendications majeures.

Jusqu'ici François Hollande n'avait jamais été vraiment clair sur ce sujet. Dans la campagne présidentielle, il avait exprimé une position nuancée. Il approuvait la décision d'interdiction de l'exploitation par fracturation hydraulique, mais il était ouvert pour le reste. Ainsi, sur RTL, le 29 février 2012, il avait développé ce point de vue : « Il ne faut jamais rien écarter, s'il était démontré par des recherches qu'il puisse y avoir des exploitations sans conséquence sur l'environnement, si c'était démontré, bien sûr, j'ai le sens des responsabilités, mais ça doit être démontré parce qu'il ne peut pas être question de mettre en cause la sécurité de nos concitoyens ou la qualité de l'eau qu'ils consomment», ajoutant «mais j'entends ce qui est dit puisque les Etats-Unis ont des ressources de gaz de schiste et ont tiré de nombreuses recettes de ce côté-là». Dans d'autres prises de parole, cette position était résumée comme défavorable à l'exploitation, mais favorable à l'exploration et à l'expérimentation. Cette distinction oublie accessoirement que le code minier actuel prévoit un lien direct entre permis d'exploration – c'est-à-dire autorisation de faire des recherches – et permis d'exploiter – c'est-à-dire autorisation d'extraire la ressource dont les recherches ont confirmé l'existence. Le détenteur d'un permis qui a investi dans des recherches dispose d'un droit de suite pour exploiter.

Tout l'été durant, je bataille pour que, lors de la conférence environnementale de septembre, le président de la République ferme définitivement la porte au gaz de schiste et que cela donne la tonalité de notre détermination à agir pour le climat, pour l'environnement, pour la transition énergétique.

Je vais alors mener une intense campagne de persuasion, d'abord pour emporter l'accord de l'essentiel de son entourage à l'Elysée, puis du Président lui-même. J'égrène tous les arguments sur les dégâts irréversibles pour l'environnement et les risques pour la santé :

remontées de métaux lourds, mercure, plomb, cadmium, utilisation d'acide chlorydrique, de biocides toxiques, d'acétaldéhyde (cancérogène), pollution de milliards de mètres cubes d'eau, rejets de méthane (25 fois plus puissant que le CO_2 pour l'effet de serre), impacts de milliers de trajets de camions pour chaque puits... Je fais valoir l'absence de technique alternative à la fracturation hydraulique. Je démonte point par point l'illusion d'un eldorado économique pour la France et l'Europe. Les Etats-Unis ont inventé avec le gaz de schiste le « dumping environnemental » : le prix du gaz n'intègre pas les coûts cachés de la destruction environnementale, de la même façon que certains pays pratiquent le dumping social en ne respectant pas les règles élémentaires de la dignité humaine. Ce « modèle », qui n'en est pas un, n'est en aucun cas transposable. Et s'il l'était en France, il faudrait forer et fracturer l'équivalent de 5000 puits pour obtenir l'équivalent d'à peine 10 % de la consommation française de gaz...

Mais c'est mon argumentation politique qui assurément a emporté le morceau : il n'y a pas de majorité parlementaire pour revenir sur l'interdiction du gaz de schiste en France. La loi de juillet 2011 interdisant la fracturation hydraulique a été votée sous un gouvernement de droite. Comment imaginer qu'un gouvernement de gauche puisse revenir dessus ? Alors dans l'opposition, n'avions-nous pas défendu une proposition de loi allant encore plus loin, dont le premier signataire était Jean-Marc Ayrault et le second Arnaud Montebourg ? Allions-nous faire moins bien que Nicolas Sarkozy en matière d'écologie ?

J'ai convaincu le Président. Je lui ai proposé d'assumer une position claire et nette, il le fait. Lors de la conférence environnementale, dans le discours remarquable qu'il prononce, il le dit sur un ton ferme : « Soyons clairs, dans l'état actuel de nos connaissances, personne, je dis bien personne, ne peut affirmer que l'exploitation des gaz et huile de schiste par fracturation hydraulique, seule technique aujourd'hui connue, est exempte de risques lourds pour la santé et pour l'environnement. » Et pour concrétiser cette clarification, il annonce, comme je le lui ai suggéré : « C'est pourquoi j'ai demandé à Delphine Batho, ministre de l'Ecologie, de prononcer sans attendre davantage le rejet des sept demandes de permis déposées auprès de l'Etat, et qui ont légitimement suscité l'inquiétude dans plusieurs régions de France. » Il ajoute : « S'agissant de l'exploration et de l'exploitation des hydrocarbures non conventionnels, telle sera ma position durant le quinquennat. » Victoire ! C'est l'arbitrage politique le plus important que j'aie emporté. Lors du déjeuner entre ministres le lendemain, Jean-Marc Ayrault en prend acte avec élégance en nous disant que ce n'était pas sa position, mais que le Président a tranché. La porte est clairement fermée. Je crois que c'est la fin du match. En fait, c'est juste la fin de la première manche.

*

Mitterrand président !

La première fois que j'ai rencontré François Mitterrand, c'était un jour de septembre 1992 dans son bureau à l'Elysée. J'avais dix-neuf ans. Je me souviens encore du tailleur, un Kookaï vert pomme, que je portais pour l'occasion ! Nous allions, Fodé Sylla, le président de SOS Racisme, et moi, vice-présidente, présenter la nouvelle équipe de l'association antiraciste au président de la République. Lorsque nous entrons dans le bureau, Fodé me présente au Président qui dit « oui, oui, je la connais ». Nous sommes surpris. Au milieu de l'entretien tout ce qu'il y a de plus sérieux sur l'intégration, le racisme, la jeunesse, François Mitterrand se tourne vers moi :

— Et vous, aimez-vous les vacances ? Est-ce que vous aimez la plage ? me demande-t-il directement.

— Heu… Oui, j'aime la mer et la plage, surtout la Méditerranée, lui répondis-je intimidée.

Que cherchait-il à comprendre ? Indéniablement, il avait pour la jeunesse une vraie curiosité ! Ce n'est que quelque temps plus tard que j'ai découvert que j'étais dans le même lycée que sa fille Mazarine. Peut-être lui avait-elle parlé des initiatives que nous prenions à quelques-uns, surtout des filles, pour faire débrayer le lycée, organiser des manifestations à la moindre occasion.

François Mitterrand fut une figure éminente de mon enfance. J'avais huit ans, en 1981, j'étais en CE1. A l'école, dans la cour de récré et à la cantine, les grands criaient « Mitterrand président, Giscard au placard ! », alors nous les petits, nous faisions pareil. Et toute l'école s'y mettait dans de grands éclats de rire et sans bien comprendre ce que tout cela signifiait. Une copine me demandait si mes parents étaient « de gauche ou de droite », je ne savais même pas ce que cela impliquait. Le lendemain, à l'école, une fille qui avait eu le malheur de répondre « de droite » s'était retrouvée mise à l'écart, seule le long du grand mur de la cour, avec toute l'école en train de crier « Mitterrand président, Giscard au placard ! »... l'angoisse totale ! Ma participation à la campagne présidentielle ne s'arrêtait pas là. Avec un copain, nous avions carrément fabriqué des panneaux « Mitterrand Président » que nous voulions porter fièrement au marché le dimanche matin pendant que nos parents faisaient les courses. Une vraie manifestation à deux ! Le jour du 10 mai 1981, je m'en souviens encore. Dans la rue qui nous mène au bureau de vote, je dis tout fort à mon père : « Papa, tu vas voter Mitterrand hein ? » Lui qui était persuadé qu'il était impossible que la gauche soit majoritaire en France et qu'elle gagne les élections me répond : « Tais-toi, tout le monde t'entend, arrête ou je vote Giscard. » Mon silence était ainsi acquis par un chantage douteux. J'ai eu l'immense privilège d'aller dans l'isoloir et de mettre le bulletin de vote « Mitterrand » dans l'enveloppe pour ma mère qui était à l'hôpital et pour laquelle mon père votait par procuration. Le soir, nous étions chez des amis à Grigny dans l'Essonne. Je me souviens du visage de Mitterrand qui apparaît ligne par ligne sur la télé. Je me souviens de mon père disant « oh, c'est pas vrai ! » et du coup de fil qu'il passe immédiatement à ma mère. Puis du concert de casseroles aux fenêtres dans les immeubles de Grigny 2. Des pétards, des « on a gagné ! ». Nous sommes rentrés à Paris tard dans la nuit, je dormais, je n'ai pas vu la Bastille.

De Mitterrand, je me souviens ainsi du premier jour au pouvoir, et du dernier. J'avais vingt-deux ans. La veille de son départ, en mai 1995, Mitterrand a fait appeler des amis, des militants, des jeunes, pour un pot d'adieu à l'Elysée. J'y étais. Il était très affaibli, mais il a salué tout le monde. Nous étions émus, avec la conscience que l'on ne reverrait pas ces lieux de sitôt. Le lendemain, symboliquement, de l'Elysée à la rue de Solférino, siège du PS, il a fait le chemin inverse de celui qu'il avait accompli en 1981. Il a tenu là son dernier discours politique, fier d'avoir accompli sa mission jusqu'au bout. Il s'est adressé à nous les jeunes, en ayant confiance dans la capacité des nouvelles générations à poursuivre la tâche des socialistes.

J'ai dénoncé les dérives, en particulier du deuxième septennat de François Mitterrand, j'ai eu des désaccords très lourds avec sa politique. Mais j'ai toujours gardé pour l'homme une affection profonde et une admiration indéfectible. François Mitterrand reste pour moi un monument. Il avait le sens du temps long, le sens de l'Histoire, il avait réussi à incarner la France au point de la personnifier. Cela a été un grand honneur de représenter le nouveau gouvernement de gauche pour lui rendre hommage à Jarnac, comme chaque année à la date anniversaire de sa disparition, le 8 janvier 2013.

*

« Ce tournant ne peut pas ne pas être discuté »
(4 novembre 2012)

Samedi 3 novembre 2012, en fin d'après-midi, je suis sur la route quand mon téléphone sonne. C'est le conseiller de Matignon en charge de tous les sujets qui concernent mon ministère. Il veut me lire un tout petit passage du relevé de conclusions du séminaire gouvernemental sur la compétitivité qui aura lieu le mardi 6 novembre. Il est question d'instaurer une fiscalité écologique avec « la perspective d'un transfert d'au moins 3 milliards d'euros net vers l'allègement du coût du travail, d'ici 2015 ». Il veut savoir si cela me va. La réponse est évidemment non ! Je demande à pouvoir disposer de l'ensemble du projet de relevé de conclusions. Il m'explique que ce n'est pas possible. Mais je comprends entre les lignes qu'il est question d'un choc de 20 milliards d'euros de baisse du coût du travail. Cela n'a jamais été discuté collectivement au sein du gouvernement.

J'écris d'urgence une note au Premier ministre et au président de la République, envoyée le dimanche 4 novembre.

Point 1 : « Un choc de compétitivité basé sur la baisse du coût du travail est un tournant qui mérite un débat politique.» J'insiste sur l'absence de débat collectif, je m'interroge sur « les contreparties demandées au patronat, un pacte de compétitivité supposant une réelle réciprocité des engagements ».

Point 2 : « Présenter la fiscalité écologique comme une mesure de compétitivité est dangereux politiquement et injuste socialement.» Sur la méthode, je fais valoir que cette décision abrupte discrédite tout le processus de la conférence environnementale au cours de laquelle cette mesure n'a jamais été débattue. Et surtout, j'insiste sur le fait que « la légitimité de la fiscalité écologique et son acceptation par les citoyens repose sur son affectation à la transition écologique et énergétique ». L'écologie ne peut être « un habillage pour un transfert de charges des entreprises vers les ménages ». Cette mesure « irait à l'encontre de notre orientation politique axée sur la social-écologie ». Pour finir, je souligne que le seul lien direct que l'on peut faire entre le financement de la protection sociale et un prélèvement écologique, c'est par exemple de mettre fin à l'avantage fiscal du diesel qui a des conséquences dramatiques sur la santé publique…

J'ai au moins été entendue sur un point : un semblant de débat a eu lieu au sein du gouvernement. De façon sommaire, limitée, mais il a eu lieu. Le lundi midi, le 5 novembre, j'ai été ajoutée in extremis à la liste des convives du déjeuner «secret» autour du Premier ministre au pavillon de musique à Matignon, réunissant Arnaud Montebourg, Marisol Touraine, Michel Sapin, Pierre Moscovici, et quelques autres. Le lendemain, au cours du séminaire gouvernemental, le débat a lieu de nouveau. J'interviens clairement en désaccord avec le dispositif du CICE. Je pointe l'indigence du rapport Gallois sur toutes les potentialités de l'économie verte, je plaide pour un choc d'investissement sur la transition énergétique. A peine sept mois après son arrivée aux responsabilités la gauche est dos au mur, acculée par le patronat. Dans la réunion, je dis : «Je fais confiance au président de la République et au Premier ministre pour essayer de gérer cette pression en protégeant au mieux les intérêts du salariat.» L'habileté hollandaise en la matière reposait en effet sur ce mécanisme de crédit d'impôt temporaire, qui ne devait pas être une baisse sèche et gravée dans le marbre du coût du travail. Mais je critique le transfert de fiscalité des entreprises vers les ménages avec la hausse de TVA, ainsi que le caractère indifférencié de l'aide aux entreprises, alors qu'elle devrait être concentrée sur les secteurs exposés à la concurrence internationale. Avec d'autres, j'ai perdu ce débat et cette bataille. On m'a donné la parole, parce que j'ai exigé que la discussion puisse avoir lieu, mais la messe était dite certainement depuis des semaines. Je repensais alors à la conversation que j'avais eue avec Arnaud Montebourg début juillet. Arnaud n'avait aucun scrupule à assumer le pacte.

Tout cela, nous ne l'avions pas écrit dans notre programme de campagne. Le débat a eu lieu de façon expéditive au sein du gouvernement. Les groupes parlementaires, le parti, les militants ont, eux, été mis devant le fait accompli. Cette décision majeure, qui est un véritable tournant, n'a pas été débattue collectivement.

De ce jour, je me suis mise à « nager dans mon couloir », c'est-à-dire à me concentrer exclusivement ou presque sur les arbitrages qui concernaient mon secteur. Je me suis dit qu'à défaut d'être en parfaite harmonie avec les orientations de politique économique, j'arriverais à faire quelque chose pour l'écologie. En réalité, une fois qu'il a obtenu son dû sur le pacte de compétitivité, le patronat voulait son reste sur la politique énergétique.

*

Qui est le patron ?

Je ne me souviens plus de la date exacte. C'était très peu de temps après ma nomination au ministère de l'Ecologie, sans doute en marge de la réunion budgétaire du gouvernement le 25 juin. Je croise le Premier ministre pour la première fois depuis que j'assume cette nouvelle fonction qu'il m'a confiée de ministre de l'Ecologie, du Développement durable et de l'Energie. C'est l'occasion d'échanger quelques mots en aparté.

— Comment ça va ? me demande-t-il très gentiment.

Puis il ajoute aussitôt, me laissant à peine le temps de répondre :

— As-tu vu de Margerie ?

Cette question me surprend. Evidemment non, je n'ai pas vu de Margerie ! Ça ne me paraît pas d'ailleurs la priorité première vu les urgences qui m'assaillent. Rencontrer Christophe de Margerie, le président-directeur général de Total, plus grosse entreprise du CAC 40, deuxième capitalisation boursière d'Europe, bien sûr je le ferai, c'est évident, mais de là à imaginer que ce serait la toute première chose que j'aie à faire, non, pour moi c'est incongru.

Tout compte fait, le Premier ministre rencontrera Christophe de Margerie bien avant moi, le 19 juillet

2012. Et le patron de Total ne trouvera pas le temps de me voir dans son agenda chargé avant le 7 novembre 2012. Il s'est montré en chaque occasion où je l'ai rencontré à la fois d'une familiarité déconcertante et d'une toute-puissance ostensible. Christophe de Margerie n'a pas son pareil pour montrer aux ministres à quel point ils sont insignifiants à ses yeux. Le patron, c'est lui. Ainsi, auditionné à l'Assemblée nationale le 15 janvier 2014 par la commission des affaires économiques, il n'a pas pu s'empêcher de mépriser les députés, en particulier mes collègues des outre-mer et de leur faire ouvertement la leçon. Mon collègue de Guyane Gabriel Serville s'est fait un devoir de rappeler vigoureusement que « le pouvoir conféré par la puissance de l'argent ne saurait en aucun cas dispenser quiconque du respect dû à la représentation nationale ».

C'est Christophe de Margerie qui est monté au créneau après ma conférence de presse du 4 juillet 2013 pour certifier que « parler des lobbies pour faire partir un ministre, ça me paraît vraiment probablement déplacé et surtout inexistant ». Pourquoi alors celui qui compte bien « persuader le gouvernement français d'abandonner son obscurantisme face au gaz de schiste », comme l'écrit *Le Nouvel Observateur* du 15 mai 2014, s'est-il senti visé par mes propos ?

★

« On ne peut pas faire confiance à Mittal »

(2 décembre 2012)

Déjà lors du fameux déjeuner dans le pavillon de musique le lundi précédant l'annonce du pacte de compétitivité début novembre 2012, Arnaud Montebourg dans le couloir me parle de Florange, d'un air de dire « on n'a pas le choix, mais ne t'inquiète pas il y aura d'autres combats ». La semaine suivante, avant le Conseil des ministres, il me dit, comme à quelques autres, qu'il faut « rééquilibrer » les choses par rapport aux cadeaux qui viennent d'être faits au patronat et que c'est pour cela qu'il essaie de convaincre les chefs de l'exécutif qu'il faut temporairement nationaliser Florange. Il veut mon soutien, je le lui donne. On ne peut pas comprendre la bataille qu'Arnaud Montebourg a menée pour Florange si on fait abstraction du soutien total qu'il a accordé au dispositif du CICE.

La suite de cette histoire, qui achève le tournant commencé avec le pacte de compétitivité un mois plus tôt, chacun la connaît. Montebourg qui défend son projet jusqu'au bout, avec l'accord plus ou moins explicite de l'Elysée. Ayrault qui exclut depuis le début cette hypothèse. Mittal qui fait du chantage à la France, menace de fermer Dunkerque et Fos-sur-Mer. Le crash final avec cette conférence de presse surréaliste du Premier ministre le vendredi 30 novembre au soir. Ce n'est pas une conférence de presse sur Florange. C'est une conférence de presse contre Montebourg. Brutale, agressive. La forme, lugubre, correspond au fond. Ayrault a un accord avec Mittal. Il dit que Mittal s'engage à maintenir les hauts-fourneaux en l'état dans l'attente de la réalisation du projet ULCOS (ultra-low carbon dioxide steelmaking, processus sidérurgique à très basses émissions de CO_2), dans le cadre d'un appel à projet de l'Union européenne. Dans sa déclaration, lorsqu'il parle de ce projet « d'avenir », le Premier ministre dit que «ArcelorMittal a accepté de poursuivre les études engagées en ce sens ». Le tout est encensé comme la solution pour permettre à la Lorraine d'envisager « son avenir avec confiance » et annonciateur du « renouveau industriel de la France ».

Ministre de l'Ecologie et de l'Energie, je suis un des rouages qui veillent à ce que la France obtienne le soutien de l'Europe pour ce fameux projet ULCOS, dans le cadre d'un appel à projet piloté par la commissaire européenne chargée du climat Connie Hedegaard, que je rencontre très régulièrement. Le 14 novembre 2012, j'étais d'ailleurs ravie d'annoncer en toute discrétion à Edouard Martin, leader syndical de la CFDT de l'usine ArcelorMittal, la quasi-officialisation du soutien de la Commission européenne à ce projet et de partager sa joie. Je repense à son enthousiasme. Nous allions vite déchanter… Car le problème, c'est que le Premier ministre ce 30 novembre ment. En réalité, le texte de l'accord de deux pages signé avec Mittal, on l'apprendra plus tard, stipule, noir sur blanc, que « l'état actuel des résultats de la recherche (ULCOS) ne permet pas de passer directement sur le démonstrateur industriel de Florange ». Alors que la France bataille depuis des mois pour convaincre la Commission européenne, alors que nous sommes en passe d'obtenir enfin le soutien européen, le projet est en réalité caduc !

La France ira jusqu'au bout du ridicule à Bruxelles. Le 6 décembre, c'est la Commission européenne elle-même qui annonce, passablement agacée, que ArcelorMittal retire le projet ULCOS de Florange. Le 7 décembre, le communiqué du groupe industriel assurant vouloir « mettre un terme aux différentes lectures et interprétations imprécises voire erronées qui ont pu être faites de ses engagements » est cinglant. Pour le gouvernement, c'est l'ultime camouflet. Edouard Martin comprend que depuis le début, tout n'était que mensonge. Son interpellation télévisée du président de la République crève l'écran : «Vous attendez quoi, qu'il y ait un malheur ici ? Nous, nous allons être votre malheur si vous ne cessez pas ce mensonge, cette tromperie », dit-il les yeux rougis par les larmes, dans une déclaration qui symbolisera l'abandon de la classe ouvrière.

Quelques jours plus tôt, après la conférence de presse de Jean-Marc Ayrault, samedi 1er décembre au matin, je téléphone à Arnaud Montebourg. Je lui demande ce qu'il veut faire. Il est en colère, déchaîné. Il ne répond pas clairement à ma question, il élude, il est pressé de raccrocher, mais il me remercie de mon soutien. Pour moi les choses sont très claires : je veux savoir ce qu'il va faire, je ne peux tout simplement pas rester membre d'un gouvernement dont Arnaud Montebourg démissionnerait sur la question de Florange. Je sais que je ne suis pas la seule à le penser. J'échange aussi avec Aurélie Filippetti. La Lorraine, c'est le territoire dont elle est élue. Tout juste nommée ministre de la Culture, c'est aux ouvriers de Florange qu'elle avait réservé sa première visite ministérielle. Elle leur avait dit « on trouvera des solutions, François Hollande et Jean-Marc Ayrault ont pris des engagements, ils les tiendront ». Dans l'hémicycle de l'Assemblée nationale, en 2009, lorsque nous étions dans l'opposition, c'est elle qui avait dit qu'à Gandrange « l'acier de la colère est encore fumant », c'est elle qui avait dit que les ouvriers attendaient Nicolas Sarkozy « avec des boulons ». Aurélie et moi, nous sommes nées la même année, en 1973. Nous sommes deux jeunes femmes en politique. Nous sommes souvent spontanément solidaires. Qu'est-ce qu'on fait ? Je lui dis que je ne me vois pas rester au gouvernement si Arnaud démissionne. Elle me dit qu'elle aussi se pose vraiment cette question. Finalement, nous n'aurons pas trop à réfléchir puisque le principal intéressé renonce et entérine son humiliation politique. Il le fait bien sûr avec son talent, jurant que la situation de nationalisation partielle « reste sur la table ». Il va au 20 heures de TF1 pour le dire. S'il avait fait un autre choix, au moins deux ministres auraient donc quitté le gouvernement, sans doute trois. Cela aurait été alors une autre histoire… Est-ce que cela aurait changé le début du quinquennat ? Je le pense. Florange a été le premier moment de vérité symbolisant la tournure qu'étaient en train de prendre les événements. Celui qui était en première ligne a fait le pari de Pascal : y croire encore, se convaincre que tout n'était pas joué, alors qu'il n'y avait plus de raisons objectives de le penser.

Je ne sais pas ce qui a motivé finalement la décision d'Arnaud Montebourg. Des mauvaises langues disent qu'il a eu peur pour son propre avenir parce qu'il n'était plus député. Je l'ai en tout cas soutenu jusqu'au bout, et même après. Le dimanche 2 décembre au matin, invitée du « Grand Rendez-Vous » d'Europe 1, j'ai poussé le bouchon jusqu'à dire qu' « on ne pouvait pas avoir confiance en Mittal », que « le bras de fer avec Mittal n'est pas terminé » et qu'« il y avait une alternative crédible qui est celle du contrôle public temporaire ».

Cette déclaration a marqué un tournant dans mes relations avec le Premier ministre. Durant toute la semaine qui a suivi, Matignon a entrepris de me punir en sabotant l'importante réforme des tarifs du gaz que je devais annoncer le 10 décembre. Quel est le rapport entre Florange et les tarifs du gaz ? Il n'y en a aucun ! Si ce n'est de me sanctionner pour cette déclaration de soutien à Arnaud Montebourg. Ainsi a commencé pour moi l'ère des petites brimades. En quelques jours, j'ai eu droit à un véritable festival : ordre d'annuler la conférence de presse prévue depuis des semaines et déjà annoncée, fuites méthodiquement organisées par Matignon dans la presse rendant public l'essentiel de mes annonces et vidant de sa substance ladite conférence de presse, ordre de ne pas annoncer le nouveau mode de calcul des tarifs du gaz sur lequel j'ai travaillé depuis des mois et qui avait obtenu l'accord de tous… Le tout, alors même que j'étais à Doha, en pleine négociation internationale sur le climat, dans des réunions qui se tiennent jour et nuit. Malgré la fatigue, je me suis fait un devoir de ne pas flancher dans cette véritable petite guerre des nerfs. J'ai maintenu tranquillement ma conférence de presse et l'annonce intégrale de ma réforme. J'ai juste procédé à un changement sémantique purement formel. Au lieu de dire « le gouvernement a décidé d'un nouveau mécanisme tarifaire pour faire baisser le prix du gaz », j'ai transformé en « j'ai proposé au Premier ministre un nouveau mécanisme tarifaire… ». J'ai pratiqué la politique du fait accompli, et j'ai bien fait. La réforme des tarifs du gaz est une des réussites du début du quinquennat. Elle a permis de faire directement baisser les prix du gaz, de moins 10,3 % à ce jour. Sitôt sa présentation achevée, elle a d'ailleurs fait l'unanimité, de l'UFC-Que Choisir à Gérard Mestrallet, le PDG de GDF Suez. Comble du comble, le lendemain soir, alors même que je me suis assise sur les consignes de son équipe, lorsque je croise le Premier ministre au dîner d'Etat en l'honneur de la présidente du Brésil Dilma Rousseff, Jean-Marc Ayrault me félicite joyeusement de la réussite de la réforme qu'il m'a interdit d'annoncer... Ainsi va la vie au gouvernement !

Des semaines plus tard, Jean-Marc a souhaité me reparler de Florange, pour qu'on s'explique. Il voulait revenir sur mes déclarations, mais sans me les reprocher. Nous avons eu un échange honnête. Il m'a confié qu'en fait il n'a jamais été vraiment question de nationalisation temporaire. Je lui ai dit que je savais très bien que dans cette affaire, il avait assumé parfaitement le rôle de fusible, concentrant sur lui toutes les critiques d'une décision prise par un autre.

*

Solutré (19 mai 2013)

C'est le dimanche veille de Pentecôte. Je dois remettre à la Roche de Solutré le label « Grand Site de France ». Ce clin d'œil à François Mitterrand m'amuse et j'avais proposé quelques semaines plus tôt cette idée à Arnaud Montebourg, élu de ces terres de Saône-et-Loire, qui m'avait donné son accord et assuré de sa présence. Nous voilà donc à Solutré. L'ambiance est sympa. La pluie, qui nous a obligés à faire les discours à l'abri d'un tivoli, s'arrête et le ciel se dégage légèrement. Comme le veut la tradition, nous montons au sommet de la Roche, suivis par une petite troupe. Arrivés en haut, Arnaud me dit qu'il a envie de marcher, de faire le grand tour pour redescendre de la Roche de Solutré par l'autre côté. Je le suis. Et nous voilà tous les deux en balade sur les sentiers, entre les vignes de ce paysage magnifique occupé par toutes les civilisations depuis le paléolithique. Nous parlons, l'un et l'autre, longuement, de ce qui ne va pas au gouvernement.

— J'ai dit à François que ce n'est plus possible, me dit Arnaud. Qu'est-ce que tu veux faire, toi ? me demande-t-il. Nous, maintenant, avec mes camarades, nous discutons ouvertement de la sortie du gouvernement. Pas tout de suite mais à la rentrée, avant la réforme des retraites. Si tu veux, on peut se revoir pour en parler ensemble.

Nous n'en avons jamais reparlé. Arnaud n'est pas sorti du gouvernement, en tout cas pas à son initiative, et pas immédiatement. Il est le seul ministre à avoir fait une déclaration publique amicale à mon égard, le 3 juillet, au lendemain de mon limogeage. Dans ses paroles dont je l'ai sincèrement remercié, il a salué « une amie », « une excellente collègue qui a fait un très beau travail », il m'a adressé « un message de courage et d'affection ». Il a eu le culot de le dire devant les caméras, depuis la cour de l'Elysée, à l'issue du Conseil des ministres. Mais sur le fond il n'a pas dit un mot du débat que j'ai soulevé sur les choix budgétaires.

« En politique, le temps c'est de l'argent. » Tous ceux qui connaissent mon impatience dans le travail m'ont entendue mille fois répéter telle une loi fondamentale cette adaptation de la formule de Benjamin Franklin. Elle vaut pour Arnaud Montebourg. Celui qui ne défend pas ses idées au moment où il le faut, au moment paroxystique de son combat, finit toujours par être contraint de le faire plus tard, dans de plus mauvaises conditions. C'est ce qui est arrivé à Arnaud Montebourg. Il a privilégié sa longévité au poste de ministre. Il a approuvé le CICE, s'est laissé désavouer sur Florange. Il a laissé passer mon limogeage, puis l'officialisation du tournant économique avec le pacte de responsabilité. Il a même accepté le démantèlement d'Alstom et sa reprise par General Electric. Et finalement, il a été évincé, à son tour, dans des circonstances où la forme a brouillé son message sur le fond, narguant depuis la fête de la Rose à Frangy-en-Bresse le président de la République en proposant de lui envoyer « une bonne bouteille de la cuvée du redressement » en même temps qu'il demandait une inflexion des choix macroéconomiques. Malgré tous les désaccords que j'ai avec Arnaud Montebourg sur l'écologie, je ne lui reproche pas ses idées, je lui reproche son absence de cohérence. Le débat sur l'austérité budgétaire n'a pas commencé à l'été 2014.

Au moment où j'écris ces lignes, je crains que le président de la République et le Premier ministre n'aient pas mesuré la déflagration que représente dans les profondeurs de la gauche la mise à l'écart de celui qui a été candidat aux primaires, qui a été un artisan du rassemblement et donc de la victoire collective de 2012, et qui a aussi pesé de tout son poids pour obtenir le remplacement de Jean-Marc Ayrault par Manuel Valls après les élections municipales. A mes yeux l'éviction d'Arnaud Montebourg, ainsi que celles de Benoît Hamon et Aurélie Filippetti, n'est pas seulement le résultat de l'enchaînement d'événements chaotiques que personne n'a pu contrôler. Elle était inéluctable au regard des choix d'orientation qui s'affirment. En fait, les milieux financiers et bancaires ont fini par vouloir la tête d'Arnaud Montebourg et ils l'ont eue. Plus la situation économique du pays se dégrade, plus les actes d'allégeance en direction de ces cercles d'influence se multiplient.

Symbole caricatural : la politique économique de la France n'est plus dans les mains d'un élu du peuple, mais, en la personne d'Emmanuel Macron, d'un technocrate, ancien banquier d'affaires, certes extrêmement brillant et dont le parcours est singulier, mais qui ne s'est jamais confronté au suffrage universel. Est-ce par un formidable hasard du calendrier, ou bien parce que tout était déjà prêt, qu'Emmanuel Macron a donné une interview à l'hebdomadaire *Le Point* à la veille de sa nomination à Bercy ? La presse en a retenu une petite provocation sur la remise en cause des 35 heures, mais le plus important dans cet entretien est ailleurs. L'impétrant a théorisé sa prise du pouvoir, le contrôle de la politique économique par ce qu'il représente : « Le destin de la France est trop important pour être confié à quelques-uns qui n'ont jamais croisé la réalité de la vie économique contemporaine », ose celui dont le Tout-Paris des affaires chuchotait depuis longtemps qu'il se voit un jour président de la République.

⋆

*

«Tout se joue au début»

François Hollande, dans la dernière ligne droite de la campagne présidentielle, nous répétait souvent que «tout se joue au début», que «c'est le début qui imprime la marque d'un quinquennat et qui en détermine la fin». Il en voulait pour preuve la probable défaite à venir de Nicolas Sarkozy, considérant que celle-ci s'était jouée dès la fameuse nuit du Fouquet's, qui avait instantanément transformé le candidat de droite à peine élu en «Président des riches». Il savait que pour la gauche aussi cette règle s'appliquerait, qu'il fallait avoir à l'esprit, vraiment, que «tout se joue au début».

Justement, plus le temps passe depuis le 6 mai 2012, plus cette question obsédante et lancinante revient : mais, en fait, il s'est passé quoi au début ?

Chacun se souvient bien sûr de cette image de François Hollande, courageux, sous une pluie battante, trempé et malgré tout debout par le toit ouvrant de sa Citroën remontant les Champs-Elysées, métaphore de l'adversité qu'il allait devoir affronter. C'est la seule image forte de l'investiture. Car pour cette journée du 15 mai, le choix a été fait d'interdire toute joie, toute liesse populaire. Les circonstances l'imposaient, pensait-il, seuls la gravité et le rassemblement devaient l'emporter. L'après-midi, hommage avait été rendu à Jules Ferry lors d'un discours en petit comité dans le jardin des Tuileries. C'était un choix passéiste, délibérément non clivant. Il n'y a qu'à la mairie de Paris, au terme de cette journée triste, que la gauche s'est retrouvée comme en famille pour éprouver enfin l'émotion de ce moment où l'un des siens devenait président de la République. Bertrand Delanoë était en larmes.

Alors à la question de savoir si les socialistes avaient sous-estimé la gravité de la situation du pays, je réponds non, non et non. C'était même le cœur du programme de notre candidat de préconiser « le redressement dans la justice ». François Hollande avait coutume de dire qu'il ne choisissait pas le chemin de la facilité, qu'il voulait commencer par le plus difficile, que les bonnes nouvelles viendraient après, avec la croissance, avec le deuxième temps du quinquennat. Il disait ne pas vouloir être celui qui serait obligé d'annoncer au pays un « tournant ».

L'erreur originelle n'est pas d'avoir sous-estimé la situation, mais d'avoir cassé les reins de la gauche dès le départ. Cette journée d'investiture en a finalement été le condensé. Oh, bien sûr, il y a eu de très bonnes décisions – retrait d'Afghanistan, hausse de l'allocation de rentrée scolaire, retraite à soixante ans pour ceux qui ont commencé à travailler très jeunes, encadrement des salaires dans les entreprises publiques, création de 1000 postes d'enseignants pour la rentrée scolaire… – mais, délibérément, il n'y a pas eu de conquête symbolique qui crée une énergie supplémentaire à celle de la victoire électorale. La gauche s'est privée de l'élan du départ qui seul permet les grands accomplissements. C'est comme si, dès l'origine, le couvercle avait été mis sur le bouillonnement du changement. Comme si quelqu'un avait éteint le son et la lumière sur la place de la Bastille le soir du 6 mai. Or, sans soutien populaire, la gauche ne peut pas réussir. L'Histoire l'a toujours montré. L'énergie politique que le camp du changement ne se donne pas tout de suite, en fait, ne revient jamais.

Au Conseil des ministres, après le premier tour des élections législatives, François Hollande nous disait encore « le premier temps est un temps décisif », et aussi « ne vous privez pas d'évoquer le poids du passé ». Et pourtant, je me souviens de cette atmosphère de mai-juin-juillet 2012. Il y avait une espèce de flottement, comme si la gauche était satisfaite d'elle-même, admirait les dorures des ministères, fascinée par le fait, ça y est, d'avoir conquis le pouvoir. Comme si le temps s'était arrêté et comme s'il n'y avait pas cette conscience de l'urgence et du tempo nécessaire des premières décisions, comme si, finalement, un septennat commençait… et non un quinquennat ! Ainsi, lorsque est arrivé le rapport demandé à la Cour des comptes qui confirmait – comme nous l'attendions, puisque c'est pour cela que ce rapport avait été commandé – la gravité de la situation des finances publiques, le choix a été fait de ne pas dramatiser, pour ne pas inquiéter les Français qui partaient en vacances…

Pour éviter d'avoir à faire un tournant plus tard – croyait-il –, François Hollande a donc accompli son tournant tout de suite. En arrivant aux responsabilités, le président de la République a opté pour une décision qui a emporté tout le reste : éviter à tout prix un choc avec les marchés financiers. La crise de l'euro n'était pas encore surmontée. Eviter que le gouvernement de gauche ne soit sanctionné par la Bourse était une option qui méritait d'être sérieusement discutée. Elle ne l'a pas été. Le choix décisif de François Hollande ne fut pas débattu alors que tout lui a été sacrifié. Dès le début, la gauche s'est tenue sur la défensive alors qu'elle venait de gagner les élections. Un pouvoir qui rend les armes au plus fort de sa légitimité politique n'en est que de plus en plus affaibli à mesure que le temps passe. La sanction des marchés est finalement intervenue et la note de la France a, de nouveau, été dégradée par les agences de notation.

L'histoire du quinquennat est celle de l'*outing* de ce choix initial. C'est un *outing* lent, par étape, mais le président de la République l'a fait. D'abord avec le pacte de compétitivité, puis avec sa conférence de presse du 14 janvier 2014 où pas une fois le mot « changement » n'a été prononcé. Ensuite, avec le 6 mai 2014, jour anniversaire de sa victoire à l'élection présidentielle, cette interview au micro de Jean-Jacques Bourdin sur RMC et BFM-TV, où François Hollande déclare : « En 2012, si j'ai gagné, ce n'est pas parce que j'avais un programme étincelant, c'est sans doute parce que mon prédécesseur avait échoué.» Quelle singulière réécriture de l'Histoire ! Ainsi donc, la gauche n'aurait été que l'instrument par lequel le pays se serait débarrassé de Nicolas Sarkozy. Cette dimension dans le vote du 6 mai 2012 existe évidemment. Mais elle n'aurait pas suffi à emporter la victoire. Une élection ne se gagne pas « contre ». On gagne pour. Les Français n'ont pas seulement voulu mettre fin au mandat de Nicolas Sarkozy, ils ont voté pour le changement. Sans cette dimension de notre campagne, nous aurions perdu. Le score de François Hollande, 51,64 %, est d'ailleurs bien plus serré que certains ne le prévoyaient dans leurs pronostics. Sans le discours du Bourget, sans les 75 %, sans notre candidat qui monte sur la camionnette de la CFDT à Florange applaudi par les ouvriers, sans les « moi, président », François Hollande ne serait certainement pas président de la République. Sans le porte-à-porte accompli par des milliers de militants non plus. La paresse intellectuelle qui consiste à réduire le vote du 6 mai à un simple référendum anti-Sarkozy n'est qu'une commodité pour mettre de côté l'aspiration du peuple français au changement et mieux la décevoir.

Pour parachever cette œuvre comme on place une cerise sur un gâteau, Michel Sapin, fier de lui, fier d'assassiner le discours du Bourget, a proclamé en juillet dernier devant un parterre d'économistes : « Mon amie, c'est la finance.» Maintenant les choses sont dites.

★

De la souveraineté énergétique

Aux quatre coins de la planète, elle est le nerf de la guerre économique, politique, géostratégique. Chaque étape de son histoire a été à l'origine d'une révolution industrielle. Elle est la force d'action qui détermine les capacités de production, de transport des hommes et des marchandises, d'utilisation de toutes les technologies modernes. L'énergie est – dans tous les sens du terme – le carburant de la mondialisation. Son appropriation, sa production et sa commercialisation sont le règne de la raison d'Etat, des services de renseignement et des militaires. Elle est le sujet de politique économique numéro un dans le monde. Et nous, Français, nous avons eu une idée folle, mais une idée belle : organiser un débat citoyen et démocratique sur nos choix de politique énergétique.

Ce n'est pas une idée nouvelle. Déjà, les programmes de François Mitterrand, puis de Lionel Jospin, promettaient un grand débat sur l'énergie. Mais le contexte a lui radicalement changé. Car lorsque François Hollande proclame en novembre 2011, dans un texte important intitulé « Réussir la transition énergétique », « j'ouvrirai au lendemain de l'élection présidentielle, si les Français m'accordent leur confiance, un grand débat sur l'énergie en France associant largement les acteurs et les citoyens, et dont le Parlement fixera la conclusion par le vote d'une loi de programmation de la transition énergétique », les règles du jeu de la politique énergétique française ont été bouleversées. En une décennie, le secteur a été largement libéralisé. Plus de six lois ont été adoptées pour ouvrir les marchés à la concurrence et transformer les grandes entreprises publiques en sociétés anonymes cotées en Bourse. Petit à petit, étape après étape, les fondements du modèle issu du programme du Conseil national de la Résistance, avec les grands services publics du gaz et de l'électricité créés en 1946, ont vacillé. Pour l'énergie aussi, c'est maintenant la finance qui décide. Nous avons été dépossédés d'une part de notre souveraineté. Voilà qui complique singulièrement l'exercice. Il est en effet impossible de mener à bien le projet de la transition énergétique – qui consiste à faire prévaloir des intérêts de long terme dans les choix immédiats de politique énergétique – sans reconquérir notre souveraineté énergétique. Le réel enjeu du débat national sur l'énergie est devenu celui-ci : ouvrir un nouveau cycle, celui de la réappropriation citoyenne, de la reprise en main par la nation de son destin énergétique. L'idée même d'organiser un débat national donnait l'occasion d'appliquer à un grand choix de société et d'avenir, qui engage la nation pour plusieurs générations, les conceptions de la gauche en matière de démocratie participative et de démocratie sociale. Après le Grenelle de l'environnement, il s'agissait d'ouvrir une nouvelle étape et d'appliquer au dialogue environnemental la même démarche que sur la relance du dialogue social. Le changement devait résulter d'un processus impliquant l'ensemble des acteurs de la société et les citoyens eux-mêmes. C'est pourquoi nous avions décidé que plutôt qu'une « grande messe », et malgré des moyens en communication très réduits pour cause de disette budgétaire, le débat serait décentralisé et vivant dans les territoires. C'est au niveau local que les collectivités et les citoyens agissent déjà pour reprendre la maîtrise démocratique de l'énergie. La transition énergétique pouvait devenir un projet fédérateur, un défi industriel et économique permettant à la nation de se projeter dans l'avenir, mais aussi de tirer parti des enjeux écologiques pour créer des centaines de milliers d'emplois.

Dès le début de ce processus, le monde des entreprises s'est coupé en deux. D'un côté les forces positives, allantes pour que les choses bougent enfin, rassemblant les entreprises du secteur du bâtiment, de l'efficacité énergétique, des différentes filières des énergies renouvelables ; de l'autre les forces négatives, bien plus puissantes, dans lesquelles on peut classer pêle-mêle le Medef, l'Association française des entreprises privées (AFEP), le Cercle de l'Industrie, l'Union française des industries pétrolières (UFIP), EDF, Areva, qui regardaient ce débat national en chiens de faïence. Sur le principe même de chercher à combiner le marché avec le retour d'une régulation citoyenne, ces entreprises étaient d'abord ambivalentes, puis de plus en plus crispées. D'un côté, elles ont besoin d'une visibilité et d'orientations claires de l'Etat pour pouvoir anticiper. De l'autre, que le citoyen mette son nez dans leurs affaires les inquiète.

Le statu quo dans la politique énergétique n'est pourtant plus une option tenable pour la France. Le déficit de la balance commerciale lié aux importations d'hydrocarbures a été multiplié par trois en dix ans, en 2012 il avait frôlé le record de 70 milliards d'euros. La précarité énergétique explose et concerne près de 10 millions de Français qui n'arrivent plus à payer leurs factures, tous les centres communaux d'action sociale sont ainsi assaillis de demandes d'aide à l'énergie. La France accuse un grand retard en matière d'économies d'énergie et de développement des énergies renouvelables, malgré les efforts des collectivités territoriales. Et enfin, le parc de centrales nucléaires vieillit et nécessite des investissements considérables qui renchérissent les tarifs, alors que l'électricité a déjà augmenté de 14 %

lors du précédent quinquennat. Le confort apporté par les succès français – un prix de l'électricité compétitif grâce au nucléaire, de grands groupes leaders mondiaux de l'énergie – a conduit à un certain immobilisme, voire à de l'aveuglement.

Mais toutes les démonstrations du monde n'y feront rien. Du premier à son dernier jour, le débat national sur la transition énergétique a essuyé le procès de ne pas associer les entreprises, sous prétexte qu'il donne conjointement la parole aux ONG, aux syndicats, aux élus, à tous les corps intermédiaires et aux citoyens. Ce reproche permanent est devenu un procès à charge, alors même que – fait sans précédent – 130 entreprises et fédérations professionnelles de l'énergie ont planché ensemble pour formuler douze propositions intitulées « Investir et produire en France pour réussir la transition énergétique », complétées par cinq rapports, sur la compétitivité, les infrastructures de réseau, les filières industrielles... La règle fixée était claire : le dialogue avec les entreprises était organisé en toute transparence, et non pas dans les arrière-cuisines. Mais le procès en ostracisme vis-à-vis des entreprises ne s'est jamais arrêté. C'était le leitmotiv non seulement des représentants du patronat, mais aussi de Matignon et surtout de l'Elysée qui relayaient en dolby stéréo cette contrevérité. J'avoue que j'ai mis un certain temps pour comprendre – tant ce procès me paraissait sans fondement et injuste au regard du travail accompli –

que dans leur esprit il fallait traduire « les entreprises ne sont pas assez associées » par « ce sont les entreprises qui doivent tenir la plume ». La démocratie participative faisait peur. Je recevais des notes de commentaires de la direction générale du Trésor listant sous forme de tableau, parmi les productions du débat national, les recommandations « à soutenir, en vert ; à examiner avec prudence, en orange ; à éviter, en rouge ». Je recevais du patron d'Areva une liste de « lignes rouges à ne pas franchir ». Plus le temps passait, plus il y avait clairement la volonté de corseter le débat national, de prédéterminer ses conclusions. C'est toute la promesse, centrale dans le programme de François Hollande, de faire confiance au dialogue social qui était sabotée.

Le débat national sur la transition énergétique a produit une somme de travaux considérable. Le comité de pilotage que j'animais avec Laurence Tubiana, Jean Jouzel (climatologue, membre du Groupe d'experts international sur l'évolution du climat), Michel Rollier (ancien dirigeant du groupe Michelin), Bruno Rebelle (ancien responsable de Greenpeace France), Anne Lauvergeon (ancienne présidente d'Areva), Georges Mercadal (ancien vice-président de la Commission nationale du débat public), Alain Grandjean (polytechnicien et économiste membre du Conseil économique pour le développement durable), Thierry Wahl (inspecteur général des Finances), a œuvré des heures durant tous les lundis pendant presque sept mois. Ces personnalités, les 112 membres du « conseil national » du débat, les régions, les meilleurs experts du pays, ont travaillé dur pendant des semaines et des semaines pour remettre à plat la politique énergétique du pays et imaginer son avenir. Toutes les données, tous les scénarios existants ont été passés en revue. Plus de 1 000 réunions publiques ont été organisées dans toute la France. Les régions ont mis en place des « conférences régionales de la transition énergétique ». 200 000 personnes ont participé aux échanges. Et la plus grande expérience nationale de démocratie participative organisée à ce jour en France l'a été avec la « journée citoyenne » organisée le 25 mai 2013 dans 14 régions en simultané réunissant 1 500 citoyens selon une méthode et un questionnaire qualitatif éprouvés. Les résultats, analysés par Stéphane Rozès et Pierre Radanne, étaient instructifs : c'était un véritable plébiscite pour la transition énergétique et pour le développement des énergies renouvelables !

J'ai été limogée seize jours avant la conclusion du débat national. Celui-ci s'est achevé dans un climat de malaise. Tous ceux qui en ont été les acteurs ont été à peine remerciés de leur dévouement et du temps consacré. Pire, lors de la réunion de clôture, le gouvernement a décidé de céder aux oukases du Medef qui a exigé que les 15 « recommandations » du débat national sur la transition énergétique deviennent une simple « synthèse des enjeux ». Ce débat national est devenu un embarras pour le pouvoir, un moment dont il fallait rapidement tourner la page. Au point que Laurence Tubiana et Thierry Wahl ont dû batailler pour qu'une restitution de tout le travail accompli soit formellement remise au président de la République qui en était le commanditaire.

Sur le fond, il en reste un acquis majeur : l'objectif de division par deux de la consommation d'énergie à l'horizon 2050. Les travaux ont montré qu'il n'est pas possible d'atteindre le facteur 4, c'est-à-dire la division par quatre des émissions de gaz à effet de serre d'ici 2050 pour lutter contre le réchauffement climatique, sans réduire massivement la consommation d'énergie. Atteindre cet objectif suppose de faire de la rénovation énergétique des logements et des bâtiments publics un chantier national de première importance. Et aussi d'accélérer le déploiement de toutes les nouvelles technologies d'efficacité énergétique active, ce que l'on appelle les « smart grids ». Le débat national a produit d'autres apports remarquables et novateurs sur l'articulation entre compétitivité et politique énergétique, ainsi que sur le financement de la transition énergétique en montrant qu'entre maintenant et 2050, l'investissement de 14 milliards d'euros par an permettrait un bénéfice net pour la France de 22 à 68 milliards. Mais ce processus n'a pas permis de dépasser les controverses les plus difficiles, et une fois de plus, la question du nucléaire a été dans toutes les pensées et arrière-pensées.

Depuis des années, ce sujet occulte tout. Au point que la majorité des Français n'a même plus conscience que l'énergie la plus consommée en France est d'abord du pétrole ! Il y a encore dans notre pays un manque total de maturité et de sérénité pour aborder ce sujet du nucléaire avec pragmatisme. A tel point que lors du Grenelle de l'environnement, en 2007, il avait été délibérément écarté. La réussite du consensus du Grenelle de Jean-Louis Borloo était en réalité fondée sur le tabou du nucléaire. Cette fois, en 2012, nous avions décidé qu'aucun sujet ne serait mis de côté. Il était inenvisageable de faire un débat sur la transition énergétique sans parler du nucléaire alors que la France est le seul pays au monde à avoir 75 % d'électricité d'origine nucléaire et que le président de la République avait pris un engagement clair.

Changement significatif de la politique énergétique, le quinquennat de François Hollande devait être celui qui enclencherait le processus de diminution de la part du nucléaire.

« Je porte un scénario volontariste et pragmatique, écrivait le futur président de la République. Il consiste à réduire à l'horizon 2025 la part du nucléaire dans la production d'électricité de 75 % à 50 % et de faire monter celle des énergies renouvelables, tout en maîtrisant notre consommation. »

Cet engagement s'inscrivait dans la lignée de tous les programmes du parti socialiste en faveur de la diversification énergétique et, depuis 1975, contre le « tout nucléaire ».

C'est le nœud gordien de toute l'histoire.

Les difficultés pour constituer le comité de pilotage du débat national sur la transition énergétique, les levées de boucliers et les exclusives entre les uns et les autres, Greenpeace refusant de participer à un débat national où enfin la question du nucléaire était sur la table en raison de la présence d'Anne Lauvergeon dans le comité de pilotage ? Le nucléaire bien sûr !

La véritable cause de la pression lancinante des grandes entreprises, relayée par l'angoisse des conseillers de l'Elysée, de Matignon et de Bercy ? Le nucléaire encore !

La raison qui explique un débat aussi conflictuel sur l'évaluation de l'évolution de la consommation d'énergie à l'horizon 2050 ? L'impact sur la production nucléaire, évidemment !

La clé de voûte de la politique énergétique française responsable d'un tel retard en matière de renouvelables, d'économies d'énergie, la question qui concentre tous les enjeux liés à la souveraineté énergétique ? Le nucléaire, vous dis-je !

Alors, un jour, j'ai voulu en avoir le cœur net. Le lobbying pour que le gouvernement revienne sur l'engagement du président de la République de diminuer à 50 % en 2025 la part du nucléaire dans la production d'électricité était tel qu'il fallait clarifier. D'autant que le débat national témoignait d'une convergence entre patronat et organisations syndicales pour le statu quo et qu'un rapport étayé du Conseil économique, social et environnemental plaidait en ce sens. Sans parler de l'activisme de plusieurs ministres, et des doutes que le Premier ministre lui-même ne m'avait pas cachés en privé sur la possibilité d'appliquer notre programme…

Début 2013, j'ai demandé au président de la République de me confirmer sa position :

— Beaucoup de gens disent que ton engagement est impossible à tenir et je ne te vois pas donner la liste des réacteurs que tu veux fermer d'ici 2025, lui dis-je dans son bureau. Moi je pense que les 50 % correspondent à ce qu'il faut faire pour le pays. La diversification énergétique, c'est l'intérêt de la France. Mais toi, que veux-tu ? Si c'est ce que tu souhaites, le gouvernement peut profiter du débat national pour dire que la dégradation de la situation économique ne rend objectivement plus atteignable cet objectif et qu'on le repousse à 2030. Si c'est ce que tu veux, c'est maintenant qu'il faut le faire. Et il faut que tu me le dises.

— Non, non, il faut tenir, me répond-il. On tient sur l'objectif. Bon, si après, on l'atteint en 2026 ou 2028, ce n'est pas très grave.

— D'accord, mais il faudrait que les membres du gouvernement qui passent leur temps à dire que ton objectif c'est n'importe quoi et qu'on ne doit pas fermer Fessenheim arrêtent de le faire. C'est très pénible.

— Qui ça ?

— Tu le sais très bien, ils sont plusieurs et ne s'en cachent pas. Montebourg, Moscovici, Fabius, Cazeneuve. Même Jean-Marc a des doutes.

— Mais ce n'est pas possible ! Je vais leur dire...

A moi de résoudre la quadrature du cercle énergétique et politique. Pour respecter l'engagement du président de la République, je proposais par la suite un scénario qui tenait en trois points :

– Baisser la part du nucléaire à mesure du développement effectif des énergies renouvelables, étant entendu que contrairement à l'Allemagne il ne pouvait pas être question pour la France de remplacer le nucléaire par du charbon ou du gaz avec pour résultat une hausse des émissions de CO_2 ;

– Fixer le principe des 2/3-1/3 : prolonger deux tiers des centrales nucléaires à soixante ans si l'Autorité de sûreté nucléaire en valide le principe (elle doit se prononcer en 2015), et préparer la fermeture du tiers restant, afin de lisser dans le temps le mur d'investissement que représente le vieillissement du parc existant. L'arrêt à quarante ans de toutes les centrales serait totalement insoutenable, a contrario repousser ce mur d'investissement à 2035-2045 ne serait pas responsable, ni en termes de sûreté, ni en termes financiers vis-à-vis des générations futures.

– Créer par la loi une capacité de décision politique quant à la part du nucléaire dans le bouquet énergétique, celle-ci pouvant évoluer dans le temps, alors qu'actuellement seul l'opérateur EDF et l'Autorité de sûreté nucléaire sont décisionnaires. Sur cette base, l'exploitant organiserait comme bon lui semble son parc et le choix des sites à fermer.

Ce triptyque est pragmatique et responsable. Il suppose bien sûr des investissements importants. Ce qui ramène au débat budgétaire… Mais quels que soient les choix technologiques, nucléaire ou pas, il va falloir investir des sommes très importantes dans les capacités de production énergétique dans les années à venir. Cette approche suppose surtout de reprendre la main sur la gestion de notre parc de centrales nucléaires, un sujet plus qu'épineux – j'y reviendrai.

Finalement, le projet de loi sur la transition énergétique présenté par le gouvernement ne prévoit plus rien de tout cela. Il plafonne à son niveau actuel la production nucléaire, mais ne se donne pas les moyens d'engager sa réduction. Il ne traite pas la question fondamentale de l'avenir du parc des centrales existantes. Ne pas prendre de décision aujourd'hui promet de grandes difficultés à l'avenir. Ce sujet capital reviendra donc au premier plan dans la campagne présidentielle de 2017 car rien n'aura été réglé par ce quinquennat.

Bien sûr, dans le projet de loi, les apparences sont sauves, l'engagement du président de la République est formellement rappelé sur le papier, mais aucune disposition n'est prise pour l'atteindre. C'est un enterrement de première classe de ce qui était le cœur du programme de la gauche.

Depuis sa nomination à Matignon, le Premier ministre Manuel Valls a réaffirmé à plusieurs reprises publiquement sa confiance dans l'avenir du nucléaire. Je devine qu'il serait favorable à ce que l'objectif des 50 % soit officiellement abandonné. Mais visiblement, le président de la République, lui, continue de préférer que l'on dise une chose et que l'on en fasse une autre.

★

Nicolas Hulot

Je l'avoue, je suis depuis très longtemps carrément fan de Nicolas Hulot. J'ai vu tous les *Ushuaïa*, ou presque. Et les épisodes que j'avais loupés, je les ai visionnés en 2010, lorsque, enceinte, j'avais interdiction de travailler et devais rester allongée toute la journée. En 2005, j'étais une des 650 000 signataires du « défi pour la Terre », cette campagne menée par sa fondation, qui avait précédé le pacte écologique. En 2009, malgré les critiques, j'ai été voir son film *Le Syndrome du Titanic*. En revanche, j'ai toujours douté de son choix de s'engager en politique avec les Verts. Que diable allait-il faire dans cette galère ? Cela ne me choquait pas, moi, qu'il veuille n'être ni de gauche, ni de droite, et qu'il s'emploie à mobiliser la société, éveiller l'opinion publique, qu'il cherche à être utile en étant une conscience morale de l'écologie. Mon parcours et mes engagements dans les grandes mobilisations de la jeunesse m'ont convaincue depuis longtemps qu'il n'y a pas que la politique pour faire bouger les choses, le mouvement social le peut aussi. On en ressent aujourd'hui cruellement le manque, comme si la société était fatiguée, découragée, et qu'aucune grande cause n'était plus capable actuellement de soulever un élan populaire.

Quoi qu'il en soit voilà comment, sans le connaître, Nicolas Hulot m'était familier, comme il l'est à des millions de Français. Faire sa rencontre ne m'a pas déçue. C'est assurément l'une des personnes qui ont la plus grande profondeur de réflexion sur l'écologie à l'heure actuelle en France. Il est en perpétuel éveil, à l'affût des idées nouvelles. Sa fondation est, de loin – que les autres me pardonnent ! –, le meilleur think tank sur le sujet. Cela me met profondément mal à l'aise qu'elle soit, comme toutes les ONG, confrontée à des difficultés financières sous un gouvernement de gauche. Ce n'est pas un progrès pour la démocratie environnementale.

Je voulais que Nicolas Hulot soit le grand animateur du débat national sur la transition énergétique. Il en avait la crédibilité et la légitimité. Je pensais aussi qu'après son échec à la primaire des Verts pour la présidentielle de 2012 face à Eva Joly, il aspirerait à jouer un rôle indépendant du gouvernement, mais plus consensuel. Cela aurait été un atout que le débat sur l'avenir de la politique énergétique de la France soit piloté par une personnalité de sa trempe, capable de parler avec tout le monde, et surtout d'intéresser les Français. Cette idée, je l'ai proposée durant l'été 2012 au président de la République. Je n'ai jamais su qui n'a pas voulu, ni même si l'idée a été réellement proposée. Cela ne s'est pas fait. Et Nicolas Hulot a accepté une autre responsabilité, celle d'envoyé spécial pour la planète du président de la République. Quant au débat national sur la transition énergétique, l'Elysée a insisté pour que je le préside directement…

Dans l'univers qui est celui du pouvoir et de tous ceux qui s'en approchent, Nicolas Hulot détonne par sa simplicité et sa droiture. J'ai découvert un homme profondément sincère, y compris sur ses propres contradictions et les limites de son action. Après mon limogeage, c'est l'un des rares à s'être exprimé publiquement pour me soutenir. Ce n'est pas rien venant d'une des personnalités préférées des Français et du premier écologiste de France.

*

★

Le « dîner de cons »

C'était le 14 mai 2013. Considérant que tout ce qui était fait dans le débat national sur la transition énergétique était assez insignifiant et que les entreprises n'étaient pas assez associées, Jean-Marc Ayrault a décidé de prendre les choses en main et d'organiser une réunion au sommet. C'est ainsi qu'il procédait avec tous les membres du gouvernement : il organisait ostensiblement une soi-disant reprise en main du dossier, humiliant au passage le ministre en charge.

Je suis donc conviée, avec mon directeur de cabinet Gilles Ricono, à un dîner à Matignon avec la fine fleur du patronat énergétique. Sont réunis Pierre-André de Chalendar, le patron de Saint-Gobain, Henri Proglio, PDG d'EDF, Jean-Louis Bal, le président du Syndicat des énergies renouvelables, Michel Rollier, le président du conseil de surveillance de Michelin par ailleurs membre du comité de pilotage du débat national sur la transition énergétique. Gérard Mestrallet, le patron de GDF Suez, Luc Oursel, celui d'Areva, et Jean-Pascal Tricoire, celui de Schneider, sont excusés. Christophe de Margerie, le PDG de Total, arrive avec une heure de retard, mauvaise manière destinée à montrer ostensiblement que le plus important autour de la table, c'est lui ! Il arrive, commande un whisky et plombe littéralement la discussion en monopolisant la parole. Lui et Henri Proglio accomplissent ensuite en duo un parfait petit numéro antitransition énergétique. A l'un le pétrole, à l'autre le nucléaire. A aucun moment le Premier ministre ne procède ne serait-ce qu'au rappel des objectifs du gouvernement et des engagements du président de la République. De Margerie pousse même jusqu'à me prendre comme tête à claque, naturellement avec ce sens de l'humour pinçant dont il s'est fait une spécialité. Cela devient tellement insistant que plusieurs convives paraissent mal à l'aise pour moi. A la fin du dîner, Jean-Marc Ayrault n'est pas plus avancé sur le fond du dossier. Cette rencontre ne servait à rien. Qu'à cela ne tienne, j'en ai vu d'autres !

*

Patriotisme écologique
(7 janvier 2013)

Le 7 janvier 2013, j'annonce les mesures de relance pour la filière photovoltaïque française, parmi lesquelles la « bonification » du tarif de rachat de l'électricité photovoltaïque lorsque les panneaux sont en tout ou partie fabriqués dans l'espace économique européen. Ces décisions ont été préparées depuis des semaines, arbitrées et validées en réunions interministérielles. Je les ai présentées moi-même aux représentants des entreprises. Elles sont bien accueillies. J'attends la publication au Journal officiel des arrêtés tarifaires. Rien ne vient. Les jours puis les semaines passent. Avec mon équipe, nous partons à la pêche aux informations. Nous découvrons alors qu'un bureau de Bercy bloque les parapheurs avec les arrêtés qui doivent être contresignés par Pierre Moscovici. Je demande que Matignon rappelle que tout est déjà décidé. Rien ne bouge pendant plusieurs jours. A la fin du mois de janvier, je reçois le lundi matin les conseillers du président de la

République et du Premier ministre. Je mets les points sur les i :

— Je ne m'appelle pas Pénélope, leur dis-je en référence à celle qui défaisait la nuit l'ouvrage qu'elle tissait le jour en attendant Ulysse. Jeudi je vais chez Photowatt, l'usine de fabrication de panneaux photovoltaïques français rachetée par EDF Energies Nouvelles. Si les arrêtés ne sont pas publiés au JO d'ici là, j'entame une grève de la faim dans l'usine. A côté Jean Lassalle c'était de la blague !

Je vois qu'ils me prennent à moitié au sérieux alors j'insiste :

— J'en suis capable. Vous voyez, je ne démissionnerai pas, mais je rendrai public le fait qu'une décision mille fois validée n'est toujours pas publiée au Journal officiel et je ne bougerai plus tant que ce problème ne sera pas réglé.

A la mi-journée, la directrice adjointe de cabinet du Premier ministre me téléphone. En fait, ce n'est pas Bercy mais elle qui bloque depuis des jours et des jours la publication. Elle m'avoue qu'elle redoute une procédure de la Commission européenne. Je lui explique que c'est en effet une hypothèse sérieuse et un risque assumé. Que le cas échéant, nous mènerons la bataille à Bruxelles, que nous nous y rendrons avec les chefs d'entreprise du photovoltaïque « made in France », que c'est une bataille politique. A l'époque, l'enquête antidumping ouverte par l'Union européenne concernant les importations de panneaux photovoltaïques chinois – dont on estime qu'ils étaient vendus en Europe à un prix inférieur de 90 % à leur coût de production – n'avait pas encore abouti. La France était légitime à prendre des mesures pour défendre son industrie, alors que cette guerre commerciale, mais aussi le moratoire décidé par le gouvernement de droite sur les tarifs de rachat, avaient déjà provoqué la destruction de plus de 14 000 emplois dans ce secteur. Ce « patriotisme écologique » est d'autant plus pertinent que la CSPE – la contribution payée par tous les consommateurs d'électricité notamment pour financer le développement des énergies renouvelables – n'a pas vocation à subventionner le déficit de la balance commerciale. Or l'importation massive de panneaux chinois a coûté à la France au moins un milliard d'euros de déficit commercial !

Finalement, grâce à l'appui de l'Elysée, les arrêtés tarifaires sur la fameuse « bonification » – qui d'ailleurs n'était pas réservée aux seuls panneaux « made in France » mais à l'ensemble de ceux produits en Europe – ont été publiés le matin même de ma visite chez Photowatt dans l'Isère.

Quelques mois plus tard, lorsque l'Union européenne a décidé d'appliquer des droits de douane antidumping aux panneaux chinois, le débat a ressurgi en Conseil des ministres. La Chine avait immédiatement menacé de représailles commerciales. Laurent Fabius est intervenu pour demander que la France soit discrète et ne soutienne pas publiquement la démarche de la Commission européenne, alors même qu'Arnaud Montebourg et moi-même nous étions déjà exprimés en ce sens. Les secteurs du luxe et de l'agroalimentaire étaient en émoi. J'ai pris la parole pour répondre à Laurent Fabius :

— Monsieur le président de la République, monsieur le Premier ministre, la France a souhaité que l'Union européenne réagisse enfin face aux pratiques déloyales dans le secteur photovoltaïque. Ce n'est pas au moment où la Commission fait enfin preuve d'un peu de courage qu'il faut l'abandonner. Nous avons souvent défendu l'idée du « juste échange », c'est l'occasion de passer aux travaux pratiques…

Cette référence au nouveau mot d'ordre du parti socialiste concernant la régulation des relations commerciales internationales a fait sourire François Hollande.

Le différend entre l'Union européenne et la Chine s'est soldé par un « accord amiable » en juillet 2013. En mars 2014, l'arrêté tarifaire français sur la « bonification » du photovoltaïque « made in Europe » a été abrogé sur injonction de Bruxelles. Sans aucune contrepartie. Beaucoup ne croient plus à la possibilité de survie d'une industrie française et européenne dans le solaire, alors que nous avions et avons toujours de réelles capacités, notamment sur toutes les technologies à haute valeur ajoutée.

Ce n'est pas le seul dossier sur lequel j'ai pu mesurer l'hypersensibilité de notre technostructure aux desiderata de Bruxelles. Lorsqu'en octobre 2012 j'ai, devant la commission des affaires économiques de l'Assemblée nationale, remis en cause le processus engagé d'ouverture à la concurrence des barrages hydroélectriques français, les téléphones ont sonné dans le quart d'heure. « Mesure-t-elle ce qu'elle a dit ? », « Sait-elle où elle va ? » s'inquiétait-on en substance auprès de mes équipes. Evidemment je le mesure : l'hydroélectricité représente 20 % de la puissance installée de production d'électricité en France qui dégage un excédent de 2,5 milliards par an ! Il ne peut pas être question d'abandonner ce trésor national qui est un actif stratégique. Mais hélas, l'ouverture à la concurrence a discrètement été confirmée dans le document annexe au programme de stabilité budgétaire envoyé à Bruxelles dernièrement par le gouvernement. En gage des « réformes » de structure que la France va accomplir pour son redressement…

Mon « fiancé » allemand

(7 février 2013)

Lors des réunions des ministres européens, la bonne blague de mes collègues était d'appeler Peter Altmaier, mon homologue allemand, « le fiancé de Delphine ». Il est vrai que nous avons tous deux, en peu de temps, construit une relation suffisamment solide pour qu'elle devienne durable…

Peter Altmaier, de quinze ans mon aîné, est physiquement grand et imposant. C'est un homme immédiatement convivial, d'une très grande finesse d'esprit. Surtout, cet ancien fonctionnaire polyglotte de la Commission européenne est complètement francophone et francophile. Dans les discussions politiques approfondies, il a pour habitude de parler français en fermant les yeux, comme pour mieux se concentrer sur notre langue. Nous sommes devenus ministres presque concomitamment. Lui a été nommé ministre de l'Environnement, de la Protection de la nature et de la Sécurité nucléaire le 16 mai 2012. Député depuis 1994, secrétaire d'Etat dès 2005, secrétaire général du groupe parlementaire CDU à partir de 2009, c'est un poids lourd qui a la confiance de la chancelière Angela Merkel. On pouvait difficilement rêver mieux comme partenaire politique outre-Rhin.

Dès notre première rencontre, nous avons décidé ensemble, à Berlin, en juillet 2012, de faire prendre un tournant à la relation franco-allemande en matière de politique énergétique.

J'étais partie de Paris avec une idée en tête : reconstruire sur des bases nouvelles cette relation stratégique. Députée de l'opposition, j'avais été choquée par la façon dont Nicolas Sarkozy et son ministre Eric Besson avaient dénigré et vilipendé les choix de l'Allemagne concernant la sortie du nucléaire, après Fukushima en mai 2011. Il fallait tourner cette page et faire comprendre que, quels que soient les choix différents de nos deux pays concernant le nucléaire, il y a une communauté d'intérêts franco-allemande sur la transition énergétique. Peter a immédiatement partagé ce point de vue. Nous savions l'un comme l'autre que 2013 allait être l'année du 50e anniversaire du traité de l'Elysée signé entre Adenauer et de Gaulle pour sceller l'amitié franco-allemande. L'opportunité était formidable. Que l'on dise « Energiewende » en allemand ou « transition énergétique » en français, nous voulions faire de cette mutation le nouveau grand projet franco-allemand.

Que l'on me comprenne bien, je ne magnifie pas les choix de l'Allemagne. L'augmentation des émissions de CO_2, corollaire de la situation du marché du charbon et du gaz et de la diminution à marche forcée du nucléaire, n'est clairement pas mon modèle. C'est la raison pour laquelle j'ai affirmé un modèle français de transition énergétique basé **sur** la complémentarité des énergies décarbonées. Mais le débat avec l'Allemagne n'est pas sur la nécessité de faire ou non la transition énergétique, mais sur son contenu. Quoi qu'on en pense, le volontarisme allemand est impressionnant et ce pays a indéniablement pris un temps d'avance en matière d'énergies renouvelables. Nous partageons des problématiques comparables sur les performances technologiques, sur la compétitivité économique des énergies renouvelables, sur les nouvelles infrastructures de réseau couplant le numérique à l'énergie, sur la recherche relative au stockage de l'énergie… Et surtout, si la France et l'Allemagne ne parlent pas d'une même voix, il n'y a aucune chance de faire bouger l'Europe.

Or il y a urgence. La situation énergétique de l'Union est critique. Non seulement la politique européenne de l'énergie est indigente, mais elle a été jusqu'ici à l'image du reste : elle a consisté à mener tambour battant des processus de libéralisation et de dérégulation. Ouverture à la concurrence, suppression des tarifs réglementés, le marché est seul maître à bord.

Conséquence : quand le boom du gaz de schiste aux Etats-Unis provoque une baisse du prix du charbon, l'Europe l'achète et assiste impuissante à l'augmentation de la part du charbon dans le bouquet énergétique européen. C'est l'inverse du sens de l'Histoire ! Sans parler de la dépendance aux importations d'hydrocarbures et, évidemment, au gaz russe. L'énergie est devenue un point de faiblesse géostratégique majeur de l'Europe. Il suffirait d'un hiver très rigoureux pour qu'apparaissent des failles dans notre sécurité d'approvisionnement. Il n'est pas possible de comprendre le déclassement industriel et politique de l'Europe si on ne comprend pas sa crise énergétique. Face à quoi il n'y a toujours pas de stratégie commune de l'Union, mais autant de politiques énergétiques que d'Etats membres : 28 ! L'Europe a oublié depuis trop longtemps que l'énergie est à son fondement, elle est même inscrite sur son acte de naissance, celui de la CECA, la « Communauté européenne du charbon et de l'acier » née en 1951. Où est passé le rêve des pères fondateurs ?

Je suis radicalement européenne, viscéralement pro-européenne. J'aimerais qu'un jour s'accomplisse le rêve de Victor Hugo des « Etats-Unis d'Europe ». J'ai la conviction que c'est autour de la politique énergétique, avec l'ambition de faire de l'Europe le premier continent de la transition énergétique, que l'on peut relancer le projet européen.

J'ai proposé, et je propose encore, de créer l'équivalent de la zone euro, une zone énergétique commune. Cette première étape est à portée de main. Nous en avons l'opportunité en créant ce que l'on appelle un « mécanisme de capacité » commun à plusieurs pays, dont la France et l'Allemagne. Par ce mécanisme, nous mettrions en commun la régulation de notre approvisionnement électrique et le développement de nouvelles infrastructures de réseau. Les Etats membres investiraient ensemble pour conquérir une autonomie énergétique en étant moins dépendants des importations extérieures, réduire les émissions de CO_2 en fixant un prix plancher au carbone, mais aussi devenir des pionniers dans la recherche sur le stockage de l'énergie, le déploiement de toutes les nouvelles technologies de la mobilité écologique, et de cette grande révolution des *smart grids* – les réseaux intelligents utilisant le numérique…

La transition énergétique est pour moi le contenu concret de ce que certains appellent la « réorientation » de la construction européenne, terme qui sonne d'autant plus creux que les politiques d'austérité continuent de plus belle.

Le débat politique sur l'avenir de l'Europe est crucial. C'est presque le plus important. Au tout début du quinquennat, j'ai dit plusieurs fois à Bernard Cazeneuve – que j'apprécie énormément –, lorsqu'il était ministre des Affaires européennes, « tu as entre tes mains le destin du quinquennat», tant il est évident pour moi que la promesse de «réorienter» la construction européenne a été décisive dans la victoire de la gauche. Je n'ai pas compris, d'ailleurs, pourquoi début février 2013, la France a validé un budget européen en baisse qui enterre le «pacte de croissance» négocié par François Hollande en juin 2012. Sept ans d'austérité, sept ans de malheur! C'est là qu'il fallait montrer de la fermeté de caractère au lieu de prétendre qu'il s'agissait d'un «bon compromis».

L'alternative à l'impasse des politiques de rigueur, d'austérité et de destruction sociale, c'est une politique de relance par la transition énergétique. C'est la première brique de la réorientation de l'Europe que tout le monde souhaite mais que personne ne fait. Il n'y a pas de statu quo possible. Il faut reprendre la marche en avant pour l'intégration européenne en changeant les règles du jeu, c'est-à-dire en organisant le retour de la régulation dans une économie mixte.

Il y avait une convergence possible avec l'Allemagne sur la politique énergétique. Bien sûr, cette perspective était accueillie avec scepticisme, elle a même heurté tout ce qui est lié de près ou de loin au lobby nucléaire. Mais il était possible d'ouvrir cette voie nouvelle. Nous y avons travaillé avec Peter. De Hyderabad à Doha, de Abou Dabi à Dublin, de Bruxelles à Paris ou Berlin, nous avons saisi chaque occasion de rencontre lors des réunions et négociations internationales en tout genre, pour faire avancer la coopération entre nos deux pays. Nous avons créé l'Office franco-allemand pour les énergies renouvelables. Nous avons fondé le groupe de pays pionniers pour les énergies renouvelables. Peter est venu prendre la parole dans le débat national français sur la transition énergétique. Il m'a invitée à un dîner chez lui avec amis politiques et journalistes pour une longue conversation sur la relation franco-allemande. Nous avions publié ensuite une tribune, « Faisons de la transition énergétique le moteur du couple franco-allemand », dans *Le Monde* en mai 2013.

Peter me parlait très souvent des relations entre Angela Merkel et François Hollande. Un jour, le président de la République m'a confié que la chancelière allemande avait évoqué avec lui de vive voix un vrai partenariat énergétique entre nos deux pays, allant jusqu'à suggérer que nous pourrions partager nos problèmes : à eux notre trop-plein d'électricité nucléaire, à nous leur trop-plein d'éolien ! Je lui ai expliqué que c'était une vision extrêmement simplifiée de ce que je proposais avec la création du mécanisme de capacité commun à la France et à l'Allemagne. Mais qu'il ne fallait pas qu'il espère en être quitte pour autant de sa promesse de réduire à 50 % la part du nucléaire en France !

Physicienne avant de devenir femme politique, Angela Merkel connaît tous ces sujets sur le bout des doigts.

Elle a été pendant quatre ans elle-même ministre de l'Environnement, de la Protection de la nature et de la Sécurité nucléaire. Elle a présidé la conférence sur le climat à Berlin qui a préparé le protocole de Kyoto. Dès 2006, elle prétendait formuler un « projet énergétique global ». Elle parle sur tous les sujets environnementaux sans note, avec conviction. Elle est pragmatique. Elle a repris la main politiquement en annonçant, en mai 2011, la sortie du nucléaire de l'Allemagne – quatrième producteur mondial d'électricité nucléaire –, six mois après avoir, à l'inverse, décidé de la prolongation des centrales. Elle sait aussi être à l'écoute des industriels auxquels des mesures dérogatoires ont été accordées pour qu'ils ne participent pas à l'effort de financement des renouvelables, supporté par les ménages. Elle a toujours dit que la transition énergétique est pour elle un sujet « captivant ». Force est de constater que les Grünen – les Verts allemands – ont influencé l'ensemble de la politique allemande…

L'occasion politique majeure que nous avions d'avancer avec l'Allemagne n'a pas été vraiment saisie. François Hollande n'a pas dit non, il a même retenu certaines idées qui, noyées au milieu du reste, sont devenues un filet d'eau tiède. Quand il a repris à son compte le concept d'« Airbus de l'énergie », aucun contenu clair et précis n'avait été préparé.

J'étais avec Peter Altmaier lors de cette journée du 2 juillet où j'ai été limogée. Il est devenu, après les élections législatives de septembre 2013, directeur de la chancellerie fédérale, au rang de ministre fédéral avec attribution spéciale. Je suis sûre qu'il sera toujours un militant de la relation franco-allemande et de la transition énergétique.

★

Liu Xiaobo (26 avril 2013)

J'étais en classe de seconde lorsque à la fin de l'année scolaire 1989, nous avions, avec les lycéens de la FIDL et l'association SOS Racisme, participé aux manifestations de soutien au Printemps de Pékin. Le mouvement pour la démocratie et contre la corruption avait été très durement réprimé. Tout le monde se souvient du massacre du 4 juin 1989, et des chars défilant sur la place Tian'anmen le 5 juin. C'est aux étudiants du Printemps chinois que j'ai pensé, non sans un certain malaise, lorsque j'accompagnais dans la délégation officielle le président de la République François Hollande en visite d'Etat en Chine en avril 2013. Lors de la cérémonie protocolaire d'accueil place Tian'anmen, j'avais des frissons dans le dos et la chair de poule. Durant mon court séjour – j'ai été la seule à le faire –, j'ai tenu à rencontrer, non pas seulement les autorités chinoises, mais aussi les organisations non-gouvernementales écologistes et notamment Greenpeace. L'ampleur inimaginable des pollutions en Chine peut devenir l'objet d'un combat démocratique facteur de déstabilisation du régime.

Lors de la conférence de presse le 25 avril 2013, François Hollande a bien sûr été interrogé sur les droits de l'homme. Il a répondu «j'ai évoqué cette question et notamment la liste que chacun connaît, et que l'Union européenne a établie». Relancé par la presse qui insiste et qui demande «est-ce que vous avez évoqué aussi la situation du prix Nobel Liu Xiaobo actuellement incarcéré en Chine?», François Hollande reste inflexible : «Comme je l'ai dit tout à l'heure, nous sommes revenus sur la liste qui avait été transmise par l'Union européenne.» Il est pressé de passer à autre chose. Il parle de l'Europe, mais il n'évoque pas les valeurs de la France. Il dit que «toutes ces questions ont donc été évoquées, avec la volonté de ne pas non plus parler que de cela». Il n'a pas prononcé son nom. Il ne fallait surtout pas prononcer ce nom.

Liu Xiaobo était parmi les professeurs qui faisaient la grève de la faim avec les étudiants sur la place Tian'anmen le 4 juin 1989. Ecrivain, il est l'auteur de la Charte 08, texte en faveur de la démocratie, qui lui a valu d'être arrêté et emprisonné en 2008 pour «incitation à la subversion du pouvoir de l'Etat». Le prix Nobel de la paix lui a été décerné en 2010 pour «ses efforts durables et non violents en faveur des droits de l'homme en Chine». C'est le premier Chinois de toute l'Histoire à obtenir le prix Nobel de la paix. Et il est le seul prix Nobel de la paix actuellement emprisonné dans le monde.

*

Manuel de survie au pouvoir

Règle n°1 : Gardez votre téléphone portable, celui dont tout le monde a le numéro, même s'il n'est pas sécurisé. Conservez pareillement votre adresse mail personnelle.

Règle n°2 : N'habitez surtout pas au ministère, même si on vous en vante le confort et les côtés pratiques. Vous êtes en CDD. Il y aura tôt ou tard un après. Changer de boulot est une chose, changer de vie en est une autre… Corollaire de cette décision, achetez une valise à roulettes très volumineuse pour pouvoir emporter les parapheurs à signer chez vous chaque soir.

Règle n°3 : Choisissez le modèle de voiture inférieur à celle que l'on vous propose, moins confortable, d'une couleur plus claire, car le pouvoir ne se jauge pas à la taille de la berline. N'ayez pas peur du ridicule lorsque vous vous plaindrez d'avoir mal au dos parce que ce véhicule n'est pas du tout adapté aux longues distances.

Règle n°4 : Savourez cet instant, qui ne durera pas, où les gardes de l'Elysée vous ont demandé qui vous êtes parce que vous êtes arrivée à pied et que « nous n'avons pas encore l'habitude ».

Règle n°5 : Continuez à mener autant que possible votre double journée en faisant vous-même les machines à laver, les courses quand vous le pouvez, la cuisine quand vous en avez la chance, à emmener vous-même vos tenues de travail à nettoyer au pressing.

Règle n°6 : Refusez les vêtements de créateurs que l'on propose de vous louer, les vôtres sont très bien même s'ils sont moins chic. Vous n'êtes pas mannequin mais femme politique.

Règle n°7 : Faites la sieste le week-end quand vous en avez la possibilité, c'est physiologiquement le seul moyen d'être en forme en finissant vos journées de travail à 1 heure ou 2 heures du matin toute la semaine.

Règle n°8, la plus importante : Essayez de ne jamais perdre le contact avec ceux qui vous ont élue. Soyez à l'écoute de tout ce qu'ils vont vous dire sur la politique du gouvernement, sur vous. C'est votre seul vrai oxygène. Souvenez-vous que c'est d'abord à eux qu'il vous faudra rendre des comptes. Vous n'en serez que plus forte et plus libre.

A quelques semaines du premier tour de l'élection présidentielle, au siège de campagne avenue de Ségur,

Aurélie Filippetti, Najat Vallaud-Belkacem, Fleur Pellerin et moi-même donnions ensemble une interview au journal *Les Inrockuptibles*. Pour l'occasion le magazine avait fait sa « couv » en titrant « Girl Power », illustrée par une photo amusante de nous quatre posant à la façon du feuilleton *Drôles de dames*. A la fin de l'entretien, François Hollande passe une tête pour glisser quelques mots aux journalistes à notre sujet :

«A cette génération aussi, femmes comme hommes, d'être exemplaires et de changer la relation au pouvoir, explique-t-il. A cette nouvelle équipe, si elle est constituée, de changer les pratiques, les modes de relation avec le pays. C'est un enjeu.»

Transformer l'exercice du pouvoir, c'était un des beaux engagements de notre campagne. Celui-là ne dépend pas des marchés financiers, des déficits budgétaires, il n'est pas contingenté par des marges de manœuvres contraintes. La présidence normale, après tous les excès du sarkozisme, portait la promesse d'une pratique différente, plus modeste, plus démocratique, des institutions de la République. Cet engagement était d'autant plus vigoureux que les socialistes avec Lionel Jospin avaient déjà fait « l'inventaire » des turpitudes passées.

En quelques semaines, ces bonnes résolutions se sont pourtant diluées. L'exercice du pouvoir a peu à peu imposé ses codes immuables.

C'est d'abord la « présidence normale » qui a été si vite enterrée. Il a été décrété qu'elle était l'une des causes de la chute de popularité accélérée du président de la République. Pourtant l'insatisfaction rapide de notre électorat, à l'été 2012, tenait davantage à notre politique qu'à la question de savoir si le président de la République était un usager de la SNCF ou un vacancier comme les autres. On a imputé à la forme – les changements dans le train de vie du chef de l'Etat – le problème politique de fond – les aspirations insatisfaites. Finalement, le changement de pied de François Hollande mettant fin à la présidence normale a transformé a posteriori celle-ci en pure opération de communication. Où était la sincérité si à la moindre bourrasque médiatique l'idée d'une pratique moins monarchique est abandonnée ? Je reste persuadée que de tenir bon sur la simplicité du pouvoir aurait été payant sur le long terme.

En fait, la pente naturelle a été celle d'un autre retour à la « normale » de l'exercice du pouvoir. Cela s'est vu à une multitude de petites choses que l'on pense insignifiantes, mais qui ne le sont pas. L'arrivée des ministres à pied au Conseil des ministres n'a duré que quelques semaines (elle a été rééditée en de rares occasions, par exemple après l'affaire Cahuzac). Le choix de voitures ostensiblement plus modestes, au lieu des grosses berlines, n'a pas fait long feu non plus. De même, les préfets avaient le plus grand mal à respecter les consignes du nouveau gouvernement de mettre moins de voitures de police ou de gendarmerie pour accompagner les déplacements ministériels... C'est physique : la gauche croit conquérir le pouvoir et les siens se retrouvent vite dans une cage dorée. Quand vous arrivez aux responsabilités, dans les minutes qui suivent, tout est fait pour vous couper du monde. C'est une sorte de basculement. On vous met sous cloche. On vous propose de s'occuper de tout pour vous. Vous êtes concentrée, très occupée. Cela demande des efforts de ne pas se laisser happer par la machine. Tout cela serait accessoire ou anecdotique si ce n'était tellement révélateur du poids du système.

Garder les pieds sur terre a été mon obsession. J'ai été vaccinée par ce que j'avais vu dans les années 90, des ministres qui perdaient le contact avec la réalité, que l'on appelait « le gang des R25 », qui se vantaient de ne plus savoir repasser une chemise. Je ne voulais pas devenir comme ça.

Dès que j'ai été nommée porte-parole de la campagne présidentielle, j'ai mis en place mon ancre, ma corde de rappel, mon fil à plomb politique. J'ai réuni tous les samedis matin au premier étage d'un café à Saint-Maixent-l'Ecole, dans les Deux-Sèvres, une quinzaine de sympathisants. Ils sont retraités, agriculteurs, chefs d'entreprise, ouvriers de l'agroalimentaire, profs, cadres d'assurance, élus... Certains ont leur carte au parti socialiste, d'autres non. Ce sont mes amis et ils savent qu'ils peuvent tout me dire. Chaque semaine, autour du café et des croissants, ce n'est pas moi qui prenais la parole.

J'écoutais ce qu'ils avaient pensé de la semaine, ce qu'ils avaient entendu autour d'eux, à l'usine, dans leur travail, dans leur famille. Une mine d'or qui vaut bien des enquêtes qualitatives ! C'est ainsi que tout au long de la campagne, ces éléments nourrissaient mon travail de porte-parole. Et lorsque cela me paraissait nécessaire, je faisais remonter certaines alertes à Manuel Valls. Devenue ministre, j'ai continué à réunir ce petit groupe une fois par mois. Relire les comptes rendus de ces réunions est plus qu'instructif ! C'est au jour le jour une petite chronique de la déception ordinaire des électeurs du 6 mai 2012. Dès juillet 2012, ils me disent : « Les gens sont très impatients. Il n'y a pas de concrétisation. Il y a eu des avancées au sommet européen mais rien n'est mis en route du discours de François Hollande sur les marchés financiers. » En janvier 2013, le verdict est net : « le gouvernement a décroché dans l'opinion », « la rigueur n'est pas la solution », « les coupes budgétaires sont anxiogènes ». Samedi 29 juin 2013, trois jours avant que je dise au micro de RTL « il y a une déception à l'égard du gouvernement », ma petite équipe du samedi matin était moins nuancée : « ça ne va pas du tout, on se moque de nous », « maintenant c'est la colère », « il faudrait qu'il se passe quelque chose »...

Il suffisait de tendre l'oreille pour entendre monter crescendo le mécontentement de nos électeurs. Après l'affaire Cahuzac déjà, ils m'avaient dit « rien ne va plus ». C'était une déchirure morale violente. Les discours sur la moralisation de la vie publique ont été pulvérisés. Je n'ai pas compris pourquoi, lorsque les parlementaires ont résisté sur la transparence des patrimoines et le train de mesures voulues par le président de la République pour laver l'affront de cette affaire, François Hollande n'a pas été jusqu'au référendum.

Je préfère la politique à la *Borgen* qu'à la *House of Cards*. Pour moi, la fin ne justifie pas les moyens, mais au contraire les moyens déterminent la fin. Mettre un terme à la corruption, au cynisme, aux turpitudes de la vie politique, aux petits arrangements avec la morale publique est une nécessaire œuvre de salubrité démocratique.

C'est la faute à Voltaire

Imaginez un ancien modèle de console de jeux Nintendo dont le câble de transmission jusqu'à l'écran de télévision serait sectionné : c'est ce à quoi ressemble le gouvernement de la France en 2014. En haut, on pense que l'on dirige, on s'obstine à appuyer sur les touches de la manette avec insistance, mais cela fait longtemps que les commandes ne répondent plus. Le principal problème de l'Etat n'est pas son coût, mais sa léthargie, son impuissance, sa lenteur, sa bureaucratie. Les décisions prennent un temps considérable. Et si jamais elles vont vite, qu'elles sont claires et volontaristes, elles sont sabotées. Il m'est ainsi arrivé à plusieurs reprises de recevoir des lettres de quelques grands préfets – précédemment nommés par la droite – m'expliquant en quoi nos instructions ne seraient pas mises en œuvre, en quoi il fallait gérer telle ou telle situation dans la lignée du précédent gouvernement… Surtout ne pas changer, surtout ne pas déranger. Et si vous persistez, le préfet appelle Matignon voire le secrétaire général de l'Elysée pour se plaindre. Vive la Ve République, tout remonte, tout est centralisé. Tant mieux pour vous si Matignon et l'Elysée confirment vos instructions, dans le cas contraire… on ne vous dira rien directement, mais vos orientations finiront dans les sables mouvants. Voilà qui a le mérite de la « continuité » de l'Etat !

Je tiens à la disposition des chercheurs ès-compréhension-de-la-bureaucratie-à-la-française un véritable bêtisier des dysfonctionnements de l'Etat. C'est le « syndrome du parapheur » : chaque direction, chef de service, conseiller, à tous les niveaux, retient le parapheur et retient la décision. Imaginez-vous un ou une ministre en train de pister dans le Tout-Paris ministériel le parapheur contenant un décret toujours pas publié au Journal officiel moult semaines après sa signature ? Imaginez-vous un ou une ministre bataillant pendant plusieurs mois – oui, je dis bien plusieurs mois – avec son équipe pour que le salaire du président d'une haute autorité indépendante cruciale dans le fonctionnement de nos institutions soit enfin versé ? C'est pourtant ainsi que cela se passe. L'Etat ne marche plus. Sauf en situation de crise, pour les fonctions essentiellement régaliennes. Et encore…

Un bon exemple de la bureaucratie dans laquelle notre pays excelle est la gestion des « investissements d'avenir », ces crédits du grand emprunt censés être la force de frappe de l'Etat pour soutenir des projets innovants portés par les entreprises. Dans le domaine de la transition énergétique, où ces financements sont stratégiques, l'instruction des dossiers est refaite trois fois. Lorsque tout est bien validé, rebelote, un nouveau chef de bureau du commissariat général aux investissements d'avenir reprend tout à zéro. Cette bureaucratie plus que tatillonne est tout simplement incompatible avec le rythme de la vie des entreprises, surtout en matière de projets d'innovations industrielles dans des domaines où la compétition mondiale est féroce. J'ai tenté d'y mettre bon ordre, d'améliorer la part des procédures qui relevait directement de mon ministère, j'ai saisi directement le Premier ministre et le président de la République de cette situation absurde, mais rien n'a changé ou si peu. Il se trouvait toujours un technocrate pour défendre la complexité du système d'instruction, et ses prérogatives par la même occasion.

Deuxième exemple de ce que notre administration peut produire de pire : la complexité ubuesque des dispositifs de soutien aux économies d'énergie. C'est bien simple, chaque année, je dis bien chaque année, Bercy change les règles applicables au crédit d'impôt développement durable (CIDD). Une année il est possible de déduire les travaux de changement des fenêtres, une autre année c'est impossible si ces travaux ne sont pas couplés avec l'isolation de la toiture... Comment voulez-vous que les particuliers et les artisans s'y retrouvent! Sans parler des multiples taux de TVA applicables aux différentes parties des travaux selon différentes dates ! Tout est fait pour qu'en réalité les règles soient tellement compliquées que les dispositifs ne marchent pas, et que du coup les crédits budgétaires destinés à ces politiques ne soient pas consommés. Et lorsque le programme « Habiter mieux » de l'Agence nationale de l'habitat (ANAH) a été relancé et amélioré pour permettre la prise en charge des travaux d'économie d'énergie pour davantage de ménages modestes, cela a tellement bien fonctionné qu'en juillet dernier une circulaire a été adressée au préfet pour stopper le déploiement de ce programme jusqu'au 31 juillet 2014… les crédits étant consommés ! Ordre, contrordre, tous les efforts pour améliorer l'efficacité des politiques publiques sont ainsi ruinés.

J'ai essayé de comprendre comment la gauche a pu s'enliser dans un tel degré de bureaucratie. Un ancien directeur de cabinet du gouvernement de Lionel Jospin que j'interrogeais sur ce point me livra un jour un diagnostic que je partage :

— Quand Jospin était Premier ministre, les politiques nous disaient « voilà ce qu'on veut » et nous, les technos, on devait se débrouiller pour trouver les solutions, c'était notre boulot d'assurer la traduction concrète. La commande était claire. Aujourd'hui les politiques se tournent vers les technos en leur disant « qu'est-ce qu'on peut faire ? ». Tu comprends, c'est le monde à l'envers ! me fit remarquer ce fin observateur du fonctionnement de l'exécutif.

Les citoyens qui ont voté pour le changement ne se doutaient pas que, dès le début, l'énarchie prendrait le pouvoir. En tout cas, pas à ce point-là. Dès l'origine, il y a eu un hold-up sur le changement. Haut les mains les militants, rendez-vous ! Les technos sont arrivés, ils ont pris les commandes, passons aux choses sérieuses…

J'ai tout de suite, dès les premiers jours de ma nomination au gouvernement, éprouvé une profonde sidération devant la façon dont des gens sortis de nulle part, qui avaient été totalement absents de nos combats pendant la campagne et dans l'opposition, se comportaient comme des petits parvenus donnant des leçons aux élus ayant la légitimité du suffrage universel. Je me souviens ainsi, lorsque j'étais ministre déléguée à la Justice, d'une conversation surréaliste avec la toute nouvelle conseillère en charge de la politique pénale à Matignon m'expliquant tranquillement, à moi qui avais défendu la fermeté du programme de François Hollande en matière de délinquance des mineurs, qu'il n'était pas question de mettre en œuvre les engagements du nouveau président de la République concernant les centres éducatifs fermés et que « de toute façon les CEF on ne les fera pas » !

Cette hypertrophie de la technostructure explique bien des atermoiements, des hésitations, l'incapacité à prendre des décisions claires et compréhensibles. On coupe les cheveux en quatre, on fait de savants et subtils équilibres disant tout et son contraire, on a la main qui tremble dès que la décision risque de déranger qui que ce soit. Le gouvernement Ayrault a dû d'ailleurs atteindre le record de tous les gouvernements de la Ve République concernant le nombre de réunions interministérielles ne débouchant sur... rien en fait ! Aucune décision, aucun « bleu » comme on dit dans le jargon gouvernemental, des heures de palabres sans conclusion autre que de commander telle ou telle étude supplémentaire et de se revoir plus tard. Cette armée de technocrates est devenue, en voulant s'arroger tout le pouvoir, la championne du monde de l'amateurisme. Toutes les décisions ont été passées à la moulinette de la platitude et du conformisme le plus savant. Voilà comment, pour prendre ce seul exemple, sur la jeunesse, grande priorité du quinquennat, enjeu politique déterminant sur lequel François Hollande demandait même à être jugé à la fin de son mandat, le « rêve français » que voulait faire renaître notre candidat s'est transformé sous la houlette de tous ces cerveaux bien faits en « 47 mesures pour la jeunesse ». Plus plat, c'est difficile à faire. Personne n'en a retenu une seule !

En fait, la gauche est arrivée au pouvoir sans stratégie de réforme de l'Etat, autrement dit sans mode d'emploi sur le cœur de sa capacité d'action. Or, à mesure que la puissance publique a été affaiblie ces dernières années, qu'elle est devenue impuissante à agir, sans prise réelle sur les événements, elle s'est repliée sur la bureaucratie. La loyauté des fonctionnaires n'est pas en cause. L'administration française est loyale. Parfois trop. A l'égard des ministres, il règne même une sorte de culture du « tout va très bien Madame la marquise », comme s'il fallait faire croire aux gouvernants que la France est un gigantesque village Potemkine. Ainsi, les préfets n'aiment pas les visites ministérielles dans leur département, de peur que quelque chose qui cloche ne soit constaté. De même, l'administration se veut rassurante en toute circonstance. Chaque fois que j'ai eu à traiter des situations de crise, inondations, intempéries de toutes sortes, ou incidents technologiques, il fallait poser la question plusieurs fois pour connaître la réalité d'un dysfonctionnement. La tendance naturelle est de dire que « le dispositif a normalement fonctionné ». La peur de la sanction hiérarchique paralyse, elle produit des discours d'autopersuasion et enferme dans des certitudes. Du coup, on ne dit pas ce qui ne va pas. Du coup, on ne fait pas preuve de discernement. On se couvre, se sur-couvre et se re-re-couvre. La déresponsabilisation règne à tous les étages. L'Etat se cabre dans une forme de crispation : des choses simples prennent des proportions administratives absolument incroyables, comme si la France était devenue le royaume de l'enquiquinement administratif. Nous sommes tous devenus des Sam Lowry, ce personnage de *Brazil*, le film de Terry Gilliam, victime d'une bureaucratie kafkaïenne. J'ai vu au ministère de l'Ecologie à quel point les agents de l'Etat en souffrent. Il m'a fallu du temps pour comprendre que la réforme la plus efficace était tout simplement de leur dire « allez-y, je vous couvre, prenez des risques, assumez vos choix, défendez vos options, prenez vos responsabilités ».

Je récuse ainsi le procès souvent fait aux fonctionnaires du corps des Mines et des Ponts et Chaussées, consistant à leur imputer l'essentiel des blocages en matière d'écologie. Ils ont le dos large et bien souvent on leur fait porter le chapeau de décisions venues d'en haut. En réalité, c'est toute l'administration française, prisonnière des grands corps, qui manque de pluridisciplinarité et a un singulier problème culturel avec l'écologie qui ne s'apprend ni à l'ENA, ni ailleurs. Enseigner l'écologie comme discipline en tant que telle dans les grandes écoles de la République devrait être une mesure de salubrité publique urgente pour servir les générations futures…

Cessons de faire porter le chapeau aux lampistes. J'étais de longue date favorable à une VIe République. Ce voyage au centre du pouvoir a achevé de me convaincre que c'est le haut du système qu'il faut changer. La logique pyramidale de la Ve République, dans laquelle François Hollande s'est coulé, a affaibli la gauche. Cette démonstration n'est pas neuve, mais cette fois encore la gauche s'est fait prendre. Du jour au lendemain, il n'y avait plus d'équipe politique. Nous avons été séparés les uns des autres, chacun dans son ministère et un seul qui décide pour tous. Le fait présidentiel s'est imposé. Il est devenu totalement inadapté à la société d'aujourd'hui. Il produit de l'impuissance et non pas de l'autorité. C'est le règne d'une culture hyper-verticale et cloisonnée alors que toute la société – j'y reviendrai car c'est un basculement majeur de notre époque – fonctionne désormais à l'horizontal.

Le quinquennat a mis encore davantage en relief la nécessité d'une modernisation puissante de nos institutions. Je me pince quand j'entends certains camarades socialistes défendre le retour au septennat, cela prouve la modernité de leur réflexion ! Bien au contraire, il faut aller au bout de la réforme du quinquennat, alors que notre système institutionnel s'est arrêté au milieu du gué. En témoigne la façon dont François Hollande a eu du mal à établir une répartition des rôles claire entre lui et le Premier ministre. D'abord en retrait, en rupture avec l'hyper-présidence Sarkozy, puis en première ligne, sans que l'on ne sache plus très bien qui fait quoi, ni quelles sont les règles. Les préventions initiales consistant à ce que la présidence se tienne en retrait ont vite été balayées par les faits. Ainsi, il n'a fallu que quelques mois avant que la participation des conseillers de l'Elysée aux réunions interministérielles ne soit rétablie…

Le quinquennat est incompatible avec une gouvernance à la mode septennat. Aller au bout de la réforme du quinquennat, cela veut dire que le Président doit être responsable devant le Parlement, qu'il ne peut plus être le seul à ne pas avoir de compte à rendre, caché derrière son Premier ministre. Voilà ce que serait vraiment une présidence « normale » ! Un vrai régime présidentiel serait plus démocratique que le pouvoir absolu actuel. La logique de cette évolution institutionnelle est de supprimer le poste de Premier ministre, d'avoir un gouvernement resserré à quinze ministres maximum, et de leur adjoindre des parlementaires, responsables de la conduite de certains grands chantiers. Plutôt que des parlementaires en mission sans réelles prérogatives, ils auraient autorité sur l'administration. Il faut remettre des politiques partout où doivent être accomplies de véritables réformes de structures. C'est difficile de changer les choses, beaucoup plus difficile que de ne rien faire. La technocratisation de tout conduit au cloisonnement des disciplines, des savoirs, des politiques publiques. Sa pente naturelle est le conservatisme alors qu'il faut avoir une vision globale, il faut relier différents problèmes, pour transformer et non pas gérer.

Il faut enfin passer au « spoils system », c'est-à-dire que tous les hauts postes de l'administration centrale doivent changer en même temps que l'alternance. Ce n'est pas une remise en cause de la loyauté des hauts fonctionnaires – je l'ai largement expliqué. Il faut simplement tirer les conséquences d'une réalité élémentaire : celui qui, sur un problème donné, a pondu la circulaire A, ne peut pas se dédire pour produire sur le même sujet une orientation différente et écrire la circulaire B. Par exemple, la direction des transports qui a supervisé les marchés avec Ecomouv' concernant la taxe poids lourds, avec la meilleure volonté du monde, ne vous recommandera jamais de remettre en cause ceux-ci. Ce qui compte, c'est moins la sensibilité politique des hauts fonctionnaires que le fait d'avoir un regard neuf sur les dossiers. C'est la condition élémentaire d'un renouveau de la puissance publique.

Troisième proposition : il faut une période de transition entre le résultat de l'élection présidentielle et l'entrée en fonction. Après avoir participé à deux campagnes présidentielles, j'ai acquis la conviction définitive qu'il est impossible, pendant la campagne, de régler les mille et une questions qui se posent immédiatement en cas de victoire : composition du gouvernement, recrutement des équipes, tempo des premières réformes. Bien sûr, l'exercice du pouvoir se prépare en amont, mais quand l'urgence du moment est de gagner des suffrages, elle a priorité sur tout. En 2012, nous avons souffert d'un vrai problème de ressources humaines, d'un manque criant d'équipes collectivement préparées à l'exercice du pouvoir. En ce qui concerne l'écologie, presque rien n'était prêt en terme de premières décisions. Notre programme se limitait à deux priorités, la transition énergétique et la biodiversité. Une période de transition de cinq semaines entre l'élection du Président, la nomination du gouvernement d'une part et l'entrée en fonction effective d'autre part ne serait pas de trop pour recruter les cabinets et préparer les mesures immédiates, et donc ne pas perdre en dynamique politique.

Les nominations justement, parlons-en. Il s'agit en réalité d'un véritable système de cooptation dans lequel les plus haut gradés jouent à « tu me tiens, je te tiens, par la barbichette... ». C'est envers eux que le nommé à tel ou tel poste devra être redevable. Tout est verrouillé par le haut. Et tout en haut, il y a la promotion Voltaire. Pour moi qui n'ai que le bac, que les plus hauts postes de la République soient tenus par les camarades de la même promotion de l'ENA était inimaginable. Que le président de la République ait pu, sans qu'un réflexe de bon sens ne l'en dissuade, remplacer la promotion Voltaire par la promotion Voltaire en nommant Jean-Pierre Jouyet à la place de Pierre-René Lemas et Pierre-René Lemas à la place de Jean-Pierre Jouyet, la promotion Voltaire « détenant » quoi qu'il arrive le secrétariat général de l'Elysée et la Caisse des dépôts et consignations, est tout simplement stupéfiant, quelles que soient les qualités remarquables des personnes en cause. Ce qui est grave, c'est qu'ils ne se rendent même pas compte des raisons pour lesquelles c'est choquant. Ils trouvent cela normal, eux, que le Président, deux ministres, le secrétaire général de la présidence de la République, la directrice de cabinet de la présidence de la République, le président de la Caisse des dépôts et consignations, soient issus de la même promotion. C'est pourtant politiquement débilitant. Comment voulez-vous ensuite démentir les Français qui considèrent qu'une caste s'est emparée du pouvoir ? Comment voulez-vous éviter l'uniformité, le conformisme de la pensée ? Comment lutter contre le sentiment qu'un petit groupe de copains s'est approprié la tête de l'Etat et a accompli son rêve de jeunesse ?

Mais son rêve était-il d'arriver au pouvoir, ou d'en faire quelque chose ? Se rendent-ils compte que la gauche est cernée par les intérêts dominants ?

A leur tour, ils paraissent persuadés qu'ils gèrent le pays au mieux et qu'il n'y a pas de meilleure politique possible. Avec la réforme de la carte des régions, ils ont même donné l'impression de répartir les provinces comme on se partageait naguère la France. Il paraît loin l'esprit militant des serviteurs de l'Etat engagés à gauche parvenant au pouvoir au début des années 80, après des années dans l'obscurité de l'opposition…

Des femmes et des chefs

Que le ministère de l'Environnement soit confié à une femme n'est pas une nouveauté. Il en va autrement pour celui de l'Energie. L'énergie est un monde d'hommes. Les chefs d'entreprise sont des hommes, les experts, les techniciens, les ingénieurs, les fonctionnaires, tous ou presque sont des hommes. Il leur a fallu s'habituer à cette nouveauté, à ce que le grand ministère de l'Ecologie, du Développement durable et de l'Energie soit confié à une femme. Ce n'était pas à mes yeux le changement le plus difficile à accomplir. J'ai délibérément ignoré les quelques relents de sexisme ultra-minoritaires que cela a pu susciter. D'abord parce que j'avais mieux et plus important à faire. Ensuite parce que j'ai toujours détesté les postures victimaires. J'ai préféré traiter par le mépris les commentaires machistes. Je savais très bien que l'on disait que je ne « souriais pas assez », que je n'étais « pas gentille » parce que j'étais franche, tout cela m'était égal. Peut-être étais-je trop insouciante…

Chassez le naturel, il revient au galop ! Ce n'est pas du patronat ou de la droite que sont venues les attaques les plus sexistes, mais de mon propre camp. Ainsi, lorsque, après ma conférence de presse du 4 juillet, François Rebsamen n'a pas pu s'empêcher de mettre mes propos « sur le compte de la fatigue, du surmenage », j'ai serré les dents. Et lorsqu'il me revenait aux oreilles que dans tout Paris mes petits camarades au sommet de l'Etat expliquaient cette rupture politique par le fait que j'étais une jeune maman qui ne supportait plus le sacrifice de sa vie de famille, je n'ai pas non plus crié au complot sexiste. J'ai encaissé.

Mes chefs se sont trompés sur moi. Ils me voyaient bon petit soldat, obéissante, et n'ont pas accepté que je veuille peser sur les choix politiques. Née dans les années 70, je suis de la génération des enfants du MLF – le Mouvement de libération des femmes. Je suis de la première génération de la parité. Tout mon parcours, depuis l'adolescence, a bénéficié de cette nouvelle conquête. Si j'ai pu accéder à telle ou telle responsabilité, c'est grâce à la parité. Sans elle, jamais je ne serais devenue ni dirigeante d'une association, ni responsable d'un courant du parti socialiste, ni membre du bureau national de ce parti, ni porte-parole à la présidentielle, ni ministre. J'ai eu la chance d'accéder à ces responsabilités, et dans leur exercice j'ai voulu faire doublement mes preuves, pour me prouver à moi-même, comme aux autres, que je n'étais pas là où je suis « seulement » grâce à la parité.

Depuis toujours le féminisme a été un des moteurs de mon engagement. Il est chez moi comme une fonction vitale, aussi essentielle que le fait de respirer ou d'avoir un cœur qui bat. Je suis tombée dans le féminisme toute petite, comme Obélix dans la potion magique. L'œuvre de ma mère, la photographe Claude Batho, a été publiée dans les années 70 grâce aux Editions des femmes d'Antoinette Fouque. C'était à l'époque le lieu de rencontre de toutes les femmes qui créaient, qui écrivaient, qui développaient une pratique artistique. J'ai quelques souvenirs d'enfance de ce compagnonnage culturel et j'ai toujours revendiqué cet héritage. Je me demande parfois si ma génération se rend compte de la chance qu'elle a d'être libre de choisir sa vie, ses amours, son métier, sa maternité. Pour moi, le progrès des droits des femmes est assurément le plus grand progrès de civilisation du XXe siècle dans les pays développés. J'ai presque la nostalgie de cette époque que je n'ai pas connue où le mouvement féministe était adossé à un mouvement global de contestation de la pensée dominante, pour l'émancipation dans tous les domaines, social, économique mais aussi philosophique, culturel.

Adolescente, je me représentais la marche en avant des droits des femmes comme un progrès linéaire, irréversible. Je nous voyais comme les premières citoyennes de la société post-machiste qui aurait aboli toute oppression des femmes, sans esprit de revanche. Cela continue d'être mon idéal d'harmonie entre les humains, entre les hommes et les femmes. J'ai appris depuis que la réaction est toujours possible, que la régression menace.

J'étais trop optimiste. J'ai pu observer pendant la campagne présidentielle, et par la suite au gouvernement, comment les réunions stratégiques les plus cruciales ne sont toujours peuplées que d'hommes. Pour les médias, pour l'affichage, on met les femmes en avant, mais dès qu'il s'agit de la réunion au sommet dans laquelle des décisions lourdes vont être prises, exit les femmes ! Lorsque j'étais ministre, un mardi matin, j'ai ainsi été exceptionnellement invitée au petit déjeuner de la majorité, là où se prennent les décisions importantes sur l'agenda politique du gouvernement et du Parlement. J'étais là pour évoquer les désaccords entre l'Assemblée nationale et le Sénat sur la proposition de loi sur l'énergie. Il n'y avait que des hommes ! Et l'ambiance entre eux était à couteaux tirés, il ne manquait que la musique pour que l'ambiance de western soit complète… Encore dernièrement, à l'occasion du pot organisé à Matignon pour la fin de la session parlementaire, quand les présidents de l'Assemblée nationale et du Sénat, les présidents des groupes parlementaires, le ministre chargé des relations avec le Parlement, bref, tous les chefs de la gauche en France, sont montés sur scène aux côtés du Premier ministre Manuel Valls, pas une seule femme ! Ce n'est juste plus possible au XXIe siècle…

Pour les femmes, pire que la politique, il y a le pouvoir économique. J'ai pu observer de près, dans l'exercice des fonctions ministérielles, à quel point les élites françaises, le patronat français, sont composés d'hommes blancs de plus de cinquante-cinq ans. Lorsque vous êtes en voyage officiel avec le président de la République, à l'arrière du fameux avion présidentiel, là où sont assis les chefs d'entreprise qui accompagnent la délégation, il n'y a pas de femme, pas une seule. C'est vraiment choquant ! Cela donne de la France une image d'arrière-garde terriblement désuète, pathétique.

La seule femme dirigeante d'entreprise publique, Michèle Bellon, a été remerciée dans l'indifférence générale. Le prétexte ? Elle avait atteint la limite d'âge de soixante-cinq ans. Là où tous ces messieurs ont fait voter à leurs conseils d'administration des dispositions repoussant les limites d'âges pour leur mandat à soixante-huit ans ou soixante-dix ans, pour les femmes, comme par hasard, la limite d'âge s'applique à soixante-cinq ans. Michèle Bellon était à la tête d'ERDF, le gestionnaire public du réseau de distribution d'électricité, filiale d'EDF. Elle dirigeait plus de 36 000 salariés. Elle avait quarante ans d'expérience à EDF, elle s'est battue pour une certaine conception du service public. Ce n'est donc pas faute de compétences que son mandat n'a pas été renouvelé…

La haute fonction publique n'échappe pas à cette homogénéité sociologique pathologique, mais je dois dire que j'avais largement sous-estimé le degré de machisme qui règne dans les hautes sphères de l'administration. J'ai nommé la première femme directrice générale d'administration centrale opérationnelle au ministère de l'Ecologie, une jeune femme très compétente, ingénieur général des Mines, qui chapeaute ainsi toutes les missions sensibles liées à la sûreté nucléaire, aux risques naturels et technologiques. Mais le plus difficile a été la nomination de femmes à la tête des DREAL, les directions régionales de l'environnement, de l'aménagement et du logement, qui sont la déclinaison régionale des deux ministères de l'Ecologie et du Logement. Alors que cinq postes étaient vacants, j'ai décidé de nommer cinq femmes. Jusqu'ici, sur vingt-deux DREAL, seulement quatre étaient dirigées par des femmes, soit 18 %. Il y avait donc de la marge pour atteindre la parité... Que n'avais-je pas entrepris ! Il m'a fallu faire preuve du plus grand entêtement pour atteindre cet objectif. J'ai tout entendu : que « aucune femme n'est candidate », que « aucune n'a le niveau pour un poste de cette importance dans une région difficile », que « untel (homme) était déjà pressenti, cela va être très mal vécu dans les services », que « il faut d'abord faire émerger des femmes chefs de bureau et chefs de service »... Alors qu'ils devaient être des alliés du changement et nous faciliter la tâche, les hauts fonctionnaires tout juste nommés par la gauche tenaient eux-mêmes, sur cette question de la féminisation, les discours les plus conservateurs. Je n'en revenais pas ! A force d'obstination et au prix d'une certaine tension avec la technostructure, je suis parvenue à mes fins. Cinq femmes ont été nommées à la tête des DREAL sur les postes qui étaient vacants. Après mon renvoi du ministère, il y a eu quatre nominations à la tête des DREAL, à des postes de directeur ou de directeur adjoint. Quatre postes ? Quatre hommes !

Ces résistances sont tout simplement anachroniques. Que les femmes soient encore ainsi tenues à l'écart du pouvoir économique, du pouvoir dans l'Etat, est terriblement révélateur des blocages des élites françaises. Il en va des femmes comme de la diversité, comme de la jeunesse. Que l'on soit femme, français issu de l'immigration, jeune, ce sont les mêmes obstacles, les mêmes qui ne veulent pas céder un millimètre de leur pouvoir. On touche là du doigt ce qui, profondément, ne va pas dans notre pays. Le pays de la Révolution française ne peut pas être celui du triomphe des privilèges de la rente et du patrimoine, sclérosé par des élites vieillissantes jalouses de leurs prérogatives. Le pays de la Révolution ne peut pas être la patrie du conservatisme et du refus de la modernité.

J'ai été très fière de participer au premier gouvernement paritaire de la République. Rien que pour cela le premier gouvernement du quinquennat aura marqué l'histoire de France. Mais hélas ce formidable symbole n'a pas suffi pour enclencher une vraie dynamique de changement en profondeur.

Je ressens puissamment le besoin d'un renouveau du mouvement pour les femmes. Partout, dans tous les secteurs, dans tous les pays, elles combattent. Sous des formes de lutte diverses, elles cherchent leur voie. Il faut aider une nouvelle génération à s'engager, dans la mixité, pour que les femmes relèvent la tête. On nous sort par la porte ? Nous rentrerons par la fenêtre !

★

Petit mot au diesel

Pendant le Conseil des ministres, en mars 2013, le président de la République me passe un petit mot : « évitons de parler du gasoil », « ça sera en 2014, inutile d'inquiéter avant ». Il désapprouve ainsi mes multiples déclarations sur le grave problème de santé publique posé par les émissions de particules des véhicules diesel.

Quelques jours auparavant, la Cour des comptes, dans un référé, a enjoint au gouvernement de mettre fin à l'avantage fiscal du diesel qui coûte chaque année 7 milliards d'euros au budget de l'Etat, ceci sans tenir compte du coût sanitaire de la pollution dont une étude a estimé qu'elle provoque plus de 40 000 décès prématurés par an.

— J'ai bien compris ton message, écrivais-je au Président en réponse, mais nous en sommes au trente-sixième jour de pic de pollution depuis le 1er janvier. Et je n'ai pas envie d'être mise en examen dans dix ans pour « non-assistance à personne en danger » pour n'avoir tiré aucune conséquence du classement du diesel comme cancérigène par l'Organisation mondiale de la santé depuis mi-2012. On ne peut pas ne pas en tenir compte.

J'ai ouvert un débat sur le diesel. J'ai proposé des solutions, notamment le remplacement de 27 % du parc automobile constitué de véhicules diesel anciens très polluants par une prime à la conversion écologique. Je savais pertinemment que ce sujet n'était pas du tout populaire, particulièrement là où je suis élue, en milieu rural. Ce n'est jamais le moment pour aborder certains sujets difficiles. L'honneur de la politique n'est pas d'aller toujours dans le sens du poil électoral. C'est même un impératif quand la santé publique est en cause. On ne peut pas fermer les yeux.

L'Organisation mondiale de la santé a donné l'alerte sur la nocivité de l'amiante dans les années 70. La première réglementation en France date de 1977. Mais il a fallu attendre 1997 pour que l'amiante soit totalement interdit. Il y avait des arguments économiques réels parce que l'amiante avait des propriétés physiques remarquables. Sur le diesel, nous avons les connaissances. Faut-il le dire ou se taire ? Tôt ou tard, il faudra prendre une décision. Mieux vaudrait que ce soit tôt.

*

Episode 2 : le gaz de schiste contre-attaque

Rendons à César ce que l'on doit à César, et en l'occurrence à Napoléon d'avoir créé les conditions du refus du gaz de schiste par le peuple français. Il existe en effet une différence fondamentale entre la France et les Etats-Unis en matière de droit minier : chez nous, depuis le Code Napoléon, les ressources du sous-sol appartiennent à l'Etat, et non pas au propriétaire du terrain en surface. Les compagnies pétrolières ne peuvent pas acheter les gens, leur accord, leur consentement, leur silence. Elles se sont trouvées très désarmées face à la mobilisation citoyenne qui a obtenu, en 2011, la loi interdisant la fracturation hydraulique. Elles ne l'ont pas vue venir. Elles étaient sûres de leur fait et de leur argument massue : rendez-vous compte, nous avons trouvé du pétrole après le pétrole, de nouveaux hydrocarbures, qui vont prolonger le règne de la civilisation des énergies fossiles…

La portée de la décision française d'interdire la fracturation hydraulique, et par conséquent de refuser le gaz de schiste, dépasse largement nos frontières. C'est, à l'échelle mondiale, une des rares décisions qui aillent à contre-courant de la phase de recul qui s'est ouverte dans la lutte contre le réchauffement climatique depuis l'échec de la conférence sur le climat de Copenhague en 2009. C'est un signal qui permet à la France d'être de nouveau à l'avant-garde des idées progressistes. C'est une décision qui signifie qu'il y a des valeurs supérieures à la recherche du profit maximum à court terme. Que les paysages, l'air que l'on respire, l'eau que l'on boit et qui coule dans les rivières, que tout cela ne peut pas être bazardé, passé par pertes et profits, détruit pour toujours, pour des visions à courte vue et de court terme.

Ainsi, quand les lobbies veulent faire céder notre pays sur le gaz de schiste, c'est moins en raison de l'ampleur des gisements supposés de notre douce France, que pour abattre le symbole d'une résistance. Et ils ne s'avoueront jamais vaincus ! Ils n'ont pas digéré que le président de la République ferme la porte, lors de la conférence environnementale de septembre 2012, à tout infléchissement de la position française. Eux, et tous ceux qui partagent leur point de vue, n'ont pas dit leur dernier mot.

Première salve : Arnaud Montebourg. L'encre des articles de presse saluant la réussite de la première conférence environnementale du quinquennat en septembre 2012 était à peine sèche que le lundi après-midi, Arnaud Montebourg prend ses distances dans une interview au *Monde*. Relue par Matignon, elle est titrée « Diminuer nucléaire et pétrole tout en finançant le renouvelable est irréaliste ». Sur le gaz de schiste, le ministre du Redressement productif met le pied dans la porte : « Le président de la République a condamné la fracturation hydraulique destructive de l'environnement, mais pas le gaz de schiste en soi. Si la recherche évolue sur cette technique, il sera bien temps d'en reparler. »

Deuxième salve : Louis Gallois. Chargé du rapport sur la compétitivité par le Premier ministre, je demande à le rencontrer pour évoquer avec lui les enjeux de la transition énergétique. Patatras : il me fait part dans cet entretien de son intention de préconiser, non pas – ce que j'espérais – un investissement massif et soutenu de la nation dans l'économie verte, mais l'exploitation du gaz de schiste, et dans un premier temps l'autorisation d'expérimentations. Je lui explique que la « recherche » est le cheval de Troie de la remise en cause de la loi du 13 juillet 2011 puisque celle-ci pose un principe d'interdiction de la fracturation hydraulique de portée générale : il ne peut pas y être dérogé sous prétexte de recherche. L'échange est courtois mais ferme car chacun défend sa position. Je finis par lui rappeler – pour que les choses soient bien claires – qu'il est libre d'écrire ce qu'il veut mais que la décision prise par le président de la République ne variera pas. Quelques jours plus tard, *Paris-Match* se fait l'écho d'un échange soi-disant « explosif » entre Louis Gallois et moi. Louis Gallois me téléphone, il me jure qu'il n'est pas à l'origine de cette médiatisation déformée. Je l'excuse sans en croire un mot.

Troisième salve : le bémol à ses propres déclarations mis par le président de la République lui-même, le 13 novembre 2012, lors de sa première conférence de presse du quinquennat :

« La recherche est possible sur d'autres techniques que celle de la fracturation hydraulique. (...) Je laisse les chercheurs travailler. (...) Je prendrai mes responsabilités le moment venu », dit François Hollande pour nuancer sa position énoncée lors de la conférence environnementale. Qui veut-il rassurer ?

Quelques jours avant, dans *Le Monde*, c'est Michel Rocard, pourtant favorable à la fiscalité carbone, qui prétend que « la France est bénie des dieux. Pour l'Europe elle serait au gaz de schiste ce que le Qatar est au pétrole. Peut-on s'en priver ? Je ne le crois pas ».

Quatrième salve : Laurent Fabius. Le 20 décembre 2012, un écho « confidentiel » du *Point* indique que « Le ministre des Affaires etrangères Laurent Fabius a fait quelques confidences jeudi matin à un petit nombre de journalistes. Dans ses propos, une information : la France et l'Algérie vont prochainement signer un accord permettant des recherches françaises sur le territoire algérien dans le domaine de l'exploitation des gaz de schiste. (…) Mais le gouvernement ne renonce pas à l'idée d'un mode d'exploitation moins dangereux pour l'environnement que la fracturation hydraulique, le seul disponible actuellement. C'est donc en Algérie que ces recherches seront menées. Les Algériens, eux, ne risquent pas de râler.» Avec l'accord de Matignon et en prévenant le Quai d'Orsay, je fais un démenti le jour même au nom du gouvernement… Un peu plus d'un an plus tard, le 21 mai 2014, le président Bouteflika a donné son feu vert à l'exploitation du gaz de schiste en Algérie, sans consultation du parlement. Plus de dix mille puits doivent être forés, nécessitant chacun des milliers de mètres cubes d'eau en plein Sahara… Les Algériens râlent : des pétitions circulent sur Internet pour demander un référendum. Et Laurent Fabius s'est officiellement déclaré en faveur d'une évolution de la position française sur le gaz de schiste…

Cinquième salve : je suis invitée à déjeuner par le secrétaire général adjoint du président de la République, Emmanuel Macron, au mois de mars 2013, dans un petit salon de l'Elysée. C'est la première fois qu'il m'invite à un déjeuner de travail, et notre troisième rencontre depuis ma prise de fonction, en dehors des très nombreuses réunions de ministres à l'Elysée auxquelles il assiste silencieusement. Emmanuel Macron se présente comme un jeune homme agréable, toujours égal et souriant, questionnant avec agilité et jaugeant son interlocuteur, comme pour alimenter le secret de sa propre réflexion. Lors de nos précédentes rencontres, il semblait apprécier de discuter politique avec moi et de me demander des idées. Mais cette fois le secrétaire général adjoint du président de la République veut me voir pour, à son tour, relayer les inquiétudes des grands patrons sur le débat national sur l'énergie. Il arrive en retard au déjeuner. L'échange porte d'abord sur la transition énergétique. Puis vient en fait le plat principal, au sens propre et figuré : le gaz de schiste. Emmanuel Macron voudrait savoir dans quelles conditions je pourrais accepter des expérimentations pour évaluer les ressources françaises, suggère que cela pourrait être un point d'équilibre. Comme je fais état de tous les arguments scientifiques, juridiques, économiques qui s'y opposent, il en vient à l'argument politique. Selon lui, si je n'accepte pas, je risque de porter la responsabilité du départ d'Arnaud Montebourg du gouvernement, ce qui serait grave pour la gauche et pour le Président. Emmanuel Macron me confie qu'il est certain qu'Arnaud Montebourg démissionnera du gouvernement en juin ou juillet sur cette question du gaz de schiste si la ligne gouvernementale ne bouge pas. Il faut à tout prix l'éviter. Je suis donc censée partager son embarras et y mettre du mien pour porter le fardeau. Mais je ne fais aucun effort, je ne bouge pas d'un iota. En fait, je ne crois pas que le chantre de la « démondialisation » puisse justifier une éventuelle démission par l'impossibilité d'importer en France le pire du modèle libéral américain ! Je me dis qu'à l'Elysée ils ont dû prendre au pied de la lettre une sortie d'Arnaud sur le sujet, ou bien que c'est de l'intox. Et puis je me demande si Macron me parle vraiment au nom du Président, ou pour son propre compte. Le déjeuner se termine sur un constat de désaccord.

Quant à François Hollande, après avoir affaibli son propos de la conférence environnementale et rouvert de lui-même un dossier qu'il avait voulu refermer, il prenait un malin plaisir à entretenir ce feuilleton sans fin. Ainsi début juin 2013, en voyage officiel au Japon, lors d'une rencontre avec les représentants des associations patronales japonaises à la chambre de commerce de Tokyo, dans le petit salon Miyabi tout en longueur, il dit, fier de lui, devant Arnaud Montebourg qui exulte et moi-même qui ris jaune, « la France n'exploite pas encore le gaz de schiste » (sous-entendu elle le fera un jour ?). A contrario, en juin 2013, le président de la République m'encourage à prononcer le rejet de la demande de permis de recherche d'hydrocarbures de Brive, qui a conduit à des manifestations à l'occasion d'un de ses déplacements en Corrèze. Il ne manque pas d'ajouter que « tous ceux qui veulent qu'on fasse du gaz de schiste ne se rendent pas compte que c'est impossible, ne serait-ce que pour des raisons d'ordre public ».

Tout cela serait très amusant, si ce balancement constant des signaux émanant du chef de l'Etat ne se traduisait pas, à tous les échelons de la République, par une ambiguïté lancinante sur le fond de la position de notre pays. Laquelle va atteindre des sommets avec la rédaction de la réponse française à la consultation de la Commission européenne sur les hydrocarbures non-conventionnels.

Ce type de procédure de consultation ouverte par la Commission est souvent le préalable à des décisions importantes : directives, recommandations… Et c'était la première fois que Bruxelles voulait recueillir les positions des Etats membres concernant le gaz de schiste. Une occasion à saisir pour faire valoir le point de vue de la France.

Très rapidement, le projet de position française proposé par le ministère de l'Ecologie fait l'objet d'une contre-proposition du ministère du Redressement productif :

« L'exploitation des gaz de schiste, dès lors que les techniques seront jugées acceptables, apparaît comme une solution à mettre en œuvre pour répondre aux besoins des entreprises en France », peut-on y lire par exemple.

Quant aux impacts environnementaux, Bercy est dans le déni le plus total :

« La consommation d'eau doit être relativisée (…) Les études sur les rejets de méthane sont le plus souvent biaisées (…) Sur l'aspect énergétique, il faut aussi prendre en compte les objectifs de réduction de la part en provenance de l'industrie nucléaire qui devra être compensée par d'autres ressources. Ainsi les gaz de schiste peuvent apparaître comme une énergie moins polluante que le charbon ou le pétrole.»

La baisse du nucléaire appelée au secours de l'argumentation pro-gaz de schiste, c'est le pompon!

Alors que les arbitrages tardent à être rendus, comme si à Matignon et à l'Elysée on voulait écrire une nouvelle version reprenant la moitié de celle de l'Ecologie et la moitié de celle du Redressement productif, et concilier l'inconciliable, j'écris au Premier ministre :

«Les amendements du ministère du Redressement productif sont en contradiction formelle avec les orientations du gouvernement.» Ils «laissent entendre que l'interdiction d'exploration et d'exploitation du gaz de schiste pourrait être révisée prochainement».

J'évite en catastrophe qu'une version du texte non-conforme à la position du gouvernement ne soit déposée à Bruxelles. Et j'attends que la «bonne» version, celle de l'Ecologie, soit déposée. Mais rien ne vient. Consternée, mon équipe m'informe qu'un chargé de mission de l'Elysée justifie le retard pris à déposer le texte par le fait que la connaissance des risques environnementaux est «aujourd'hui très faible», «ce qui ne permet pas de répondre aux questions de manière satisfaisante»! Le samedi 29 juin 2013, nous adressons un message à Matignon et à l'Elysée :

« Le fait que la France n'ait toujours pas, à ce jour, fourni de réponse à cette consultation est un problème politique en soi. (…) (La ministre) ne voit pas en quoi la position du gouvernement ne serait pas claire ni complète sur ce sujet, en particulier concernant les risques environnementaux dont les données sont connues et figurent dans plusieurs rapports des corps d'inspection rendus publics sous le précédent gouvernement. »

A ma connaissance, la France n'a jamais envoyé sa contribution en réponse à la Commission européenne.

Finalement, François Hollande a été obligé de couper court aux spéculations. Il ne pouvait pas laisser sans réponse mes dénonciations de « l'ambiguïté permanente » de l'exécutif, ni laisser dire Arnaud Montebourg qui le 10 juillet avait réitéré ses déclarations en faveur du « gaz de schiste écologique » et de la création d'une compagnie publique pour exploiter les hydrocarbures non-conventionnels – comme si la propriété du capital réglait à elle seule les problèmes de pollution ! Lors de l'entretien télévisé du 14 juillet 2013 avec Claire Chazal et Laurent Delahousse, le président de la République a fermé le banc :

« Sur le gaz de schiste (…) il y a un débat qui dure depuis trop longtemps » (sic), « tant que je suis président il n'y aura pas d'exploration du gaz de schiste en France. »

Fin de l'histoire ? J'aimerais bien. Lorsqu'il a salué la décision du Conseil constitutionnel le 11 octobre

2013 validant la loi sur l'interdiction de la fracturation hydraulique, François Hollande, tout en soulignant que désormais la loi est « maintenant incontestable », n'a pas pu s'empêcher de préciser que « cette loi prévoit uniquement l'interdiction du gaz de schiste par fracturation hydraulique, elle n'empêche pas la recherche dans d'autres domaines ». Le 11 février 2014, en voyage officiel aux Etats-Unis, la presse rapporte qu'il aurait dit dans une rencontre au siège de la chambre de commerce américaine, à Washington : « Nous réfléchissons à chercher des technologies autres que la fracturation hydraulique pour l'exploitation des gaz de schiste en France.»

Encore une dernière salve ? Récemment, c'est le think tank Terra Nova qui a publié une note intitulée « Eléments pour une politique gazière européenne ». Rédigée par Gilles Darmois, ancien cadre de Total, et tout en expliquant que l'exploitation des gaz de schiste en France n'est probablement pas viable économiquement, elle recommande d'abroger la loi interdisant la fracturation hydraulique. On n'est jamais mieux servi que par soi-même !

*

La machine à signer (3 juin 2013)

Un jour, un préfet très expérimenté, qui a été directeur de cabinet d'un ministre de premier plan, me demande : « Il paraît que vous signez vous-même ? » Il me dit cela d'un air à la fois curieux et amusé, comme s'il tenait là la preuve d'une étrangeté. Les Français ne savent pas qu'il y a dans les ministères des machines à signer qui peuvent remplacer les ministres et imiter parfaitement leur signature. Ainsi les directeurs de cabinet prennent les décisions, et les machines signent décrets, arrêtés, circulaires, réponses aux questions des parlementaires… Pour ma part, j'y avais recours pour les cartes de vœux. Ou pour des actes urgents, lorsque j'étais absente de Paris et après en avoir validé les contenus avec mon secrétariat particulier. Tout le reste, je le signais directement. La responsabilité politique d'un ministre se situe aussi dans la pointe de son stylo. C'est grâce au fait que la machine ne signait pas pour moi que la mécanique spéculative des compagnies pétrolières sur les permis miniers d'Ile-de-France a été bloquée.

En 2011, lorsque la loi interdisant la fracturation hydraulique a été adoptée, certains permis miniers concernant du gaz de schiste ont été abrogés. Mais pas tous. D'autres, qui avaient également été délivrés en 2010, ont été transformés : initialement présentés aux services de l'Etat pour des explorations visant du gaz ou des huiles de schiste, les compagnies pétrolières ont modifié leurs objectifs afin de viser des hydrocarbures conventionnels et d'être en conformité avec la loi. Ainsi, parmi les dizaines de permis miniers dont l'instruction était en cours lorsque j'ai pris mes fonctions, il y avait plusieurs demandes de prolongation – c'est-à-dire d'allongement de la durée du permis de recherche – et de mutation – c'est-à-dire de changement de titulaire du titre minier – pour plusieurs permis exclusifs de recherche d'hydrocarbures en Ile-de-France et en Picardie, plus précisément en Seine-et-Marne et dans l'Aisne. Une mobilisation citoyenne dans les territoires concernés dénonçait ces permis toujours en vigueur. Pour l'administration, il s'agissait désormais de pétrole conventionnel et non de gaz de schiste. Pour les citoyens, un certain nombre d'indices laissaient à penser le contraire. Ils redoutent que les compagnies pétrolières ne détiennent ces titres que dans l'attente du jour où des tests de fracturation hydraulique seront autorisés sous prétexte d'expérimentation ou, encore mieux, du jour où un gouvernement changera la position de la France sur le gaz de schiste. De fait, elles spéculent ainsi sur une décision future et valorisent déjà la détention de ces titres dans leurs actifs. Dès mon arrivée au ministère de l'Ecologie, plusieurs interlocuteurs n'avaient d'ailleurs pas manqué de me dire que « évidemment faire du gaz de schiste dans le parc naturel des Cévennes, dans le Luberon, sur les plateaux d'Ardèche, dans le Haut-Var, c'est de la folie, c'est impossible, mais en Ile-de-France, c'est moins dérangeant... ». Et sous le précédent gouvernement, un rapport conjoint des corps d'inspection de l'industrie et de l'écologie préconisait des expérimentations de forages par fracturation hydraulique dans le bassin parisien...

Lors de la conférence environnementale de septembre 2012, j'annonce, en application des décisions du président de la République, que les demandes de permis de Valence, Beaumont, Brignoles, Cahors, Lyon-Annecy, Montfalcon et Montélimar sont rejetées. Et concernant ces permis d'Ile-de-France, le Premier ministre me demande de veiller à ce que toutes les garanties soient prises pour assurer qu'il ne s'agit pas de gaz de schiste. Il insiste : « C'est ta responsabilité. » Dans la foulée, je reçois le député de l'Aisne Jacques Krabal, particulièrement mobilisé sur ce dossier, de même que le président du conseil régional d'Ile-de-France Jean-Paul Huchon, ainsi que les collectifs associatifs concernés. Le 21 septembre, je publie une circulaire demandant aux services déconcentrés de l'Etat de surveiller toutes les déclarations de travaux, de vérifier les objectifs géologiques de ces permis miniers ainsi que, bien entendu, les techniques utilisées. Celle-ci est très rapidement dénoncée par les compagnies pétrolières. Mais l'administration l'applique. Et lorsqu'une compagnie pétrolière américaine, Hess Oil, veut avoir recours à la technique des forages horizontaux, considérant que le recours à cette technique n'est pas justifié pour des recherches conventionnelles, l'administration refuse d'autoriser les travaux. Hess Oil attaque cette décision en justice. Et, bizarrement, ma position, la position de l'Etat, ne sera jamais défendue sur le fond devant les tribunaux. Et ce, alors même que les compagnies pétrolières se livrent à une véritable guérilla juridique contre toutes les décisions de l'Etat concernant le gaz de schiste. Les abrogations de permis sont attaquées. La loi interdisant la fracturation hydraulique elle-même fait ainsi l'objet d'une question prioritaire de constitutionnalité introduite par la compagnie Schuepbach. C'est d'ailleurs José Bové, qui suit très attentivement tous ces sujets, qui me l'apprend ! De l'utilité de la vigilance citoyenne… C'est cette alerte qui a permis de construire une argumentation solide qui a emporté la conviction du Conseil constitutionnel.

Que l'Etat ne se défende pas, à plusieurs reprises, devant les tribunaux dans les contentieux concernant les permis miniers d'Ile-de-France et de Picardie est inexplicable. Jamais la direction des affaires juridiques du ministère n'aurait pu prendre une telle décision de sa propre initiative. A-t-elle eu des instructions ? De qui ? Seule une enquête administrative pourrait répondre à cette question troublante.

Ce dont je peux témoigner, c'est de la pression lancinante de certains conseillers du président de la République concernant l'instruction des permis miniers.

«Attention, sur la non-instruction des permis miniers, on est à la limite du déni de droit», «les pétroliers s'impatientent», «il faut donner des signes à l'UFIP (Union française des industries pétrolières)», répétaient-ils dans les réunions régulières avec mes équipes. Nous faisions valoir la nécessité de reprendre les instructions à zéro pour éviter toute entourloupe, de border toutes les procédures, de nous assurer que les dossiers étaient précis, complets, de vérifier rigoureusement les horizons géologiques et les techniques de forage… Le gouvernement ne pouvait pas prendre le risque d'un défaut de vigilance.

Plusieurs fois, les parapheurs comprenant les actes entérinant les prolongations et les mutations des permis dits de Château-Thierry, de Mairy et quelques autres m'ont été transmis. Chaque fois certaines questions techniques précises restaient sans réponse, et je ne signais pas.

Le dernier épisode s'est déroulé le lundi 3 juin 2013. Je suis avec trois membres de mon cabinet en réunion dans mon bureau sur les permis miniers. Je veux repasser au peigne fin la situation puisque depuis plusieurs semaines une partie de mon équipe veut que je signe ces fameux parapheurs. De nouveau, j'épluche scrupuleusement chaque dossier. Les documents sont assez sommaires. Je pose des questions. Les informations sur les couches géologiques visées laissent à penser qu'il y a anguille sous roche. Surtout, la décision de Hess Oil d'attaquer devant la justice la décision de l'Etat d'interdire les forages horizontaux est surprenante. Je ne veux pas signer des permis d'exploration pour du gaz de schiste à mon insu.

— Vous devriez signer Madame, me dit ma directrice de cabinet adjointe.

— Et pourquoi donc ? Je n'ai pas de garantie, lui répondis-je.

— Je crois que vous êtes obligée de signer Madame, vous n'avez pas le choix, me conseille-t-elle.

— Je ne suis obligée à rien, répliqué-je fermement. J'ai pris l'engagement vis-à-vis du Premier ministre lors de la conférence environnementale qu'il n'y aurait aucune entourloupe. Il a dit lui-même que c'était ma responsabilité. Je ne signe pas. J'ai trop de doutes dans ce dossier. Je ne peux pas prendre le moindre risque qu'il y ait quelque part en France des forages en vue d'exploration pour du gaz de schiste et que la volonté du gouvernement soit roulée dans la farine « à l'insu de son plein gré ». C'est ma responsabilité. Je ne signe pas.

— C'est-à-dire que… en fait j'ai eu un appel d'Emmanuel Macron, finit-elle par lâcher dans un soupir, j'aurais dû vous le dire.

— Hein ? Comment est-ce possible que le secrétaire général adjoint du président de la République vous appelle pour que je signe ces permis miniers-là et que vous ne me le disiez pas dans l'instant ? Et en plus vous me proposiez de signer ce parapheur sans me le dire ? lui demandé-je en colère, stupéfaite.

— Je crois qu'il faut signer Madame, il vaut mieux pour vous, vraiment, me dit-elle très calmement, visiblement embarrassée.

— Et qu'est-ce qu'ils vont faire si je ne signe pas ? Me virer pour les beaux yeux de Hess Oil ? J'attends de voir ça, c'est impossible ! lui répondis-je, en lui rendant les parapheurs, vierges de toute signature.

★

La démocratie contre les lobbies

Les petits portraits « en vue » au dos du journal *Les Echos* sont bien faits. Ils en disent beaucoup en peu de lignes. Le 15 avril, quand je lis celui qui m'est consacré, j'ironise : « Ça y est, les lobbies sont officiellement après moi. » L'article explique : « Son veto inflexible à toute recherche sur le gaz de schiste a désolé tous les "productivistes" français. » Selon le rédacteur, je « donne l'impression de ne guère priser le contact quotidien avec les puissants lobbies du nucléaire et du gaz (...) Il est vrai que, pour ces derniers, sortis des grands corps d'ingénieurs, voir leur sort mis entre les mains d'une littéraire simple bachelière tient de la provocation. » Message reçu 5 sur 5 !

Je n'ai jamais été une adepte de la théorie du complot. Alors je veux, cher lecteur, que les choses soient bien claires : lorsque je mets en cause les lobbies et les connivences au sommet de l'Etat, telles que je les ai vues et vécues, je ne reprends pas à mon compte une quelconque théorie du complot. Si la confiscation du pouvoir par une oligarchie existe, si ces milieux ont leurs cercles d'influence, il n'y a pas, je ne sais où, une amicale mondiale des lobbies qui planifie, échafaude des plans et des décisions. Il y a simplement une conjonction d'intérêts privés qui convergent. Ils ne décident pas de tout, mais ils créent un climat, une ambiance, n'hésitent pas à se plaindre de tel ou tel ministre. Ils trouvent trop souvent une oreille bienveillante, un œil attentif à leur moindre froncement de sourcil.

Je décris ce qui se passe en France, mais le diagnostic est valable aussi au niveau mondial. Une sorte de gouvernance des entreprises s'est mise en place. Ce n'est d'ailleurs pas un phénomène complètement nouveau. Toute l'histoire du capitalisme est ainsi faite. Ce qui est nouveau, c'est la façon dont cette gouvernance des entreprises, nationale et mondiale, ne se cache plus de vouloir tout diriger. Pour ce qui concerne la France, beaucoup de mauvaises habitudes ont ainsi été prises au cours du quinquennat de Nicolas Sarkozy. Celui-ci a assumé, à un niveau sans précédent, la connivence entre grands patrons et gouvernants. Quand de mauvaises habitudes sont prises, il faut faire preuve de beaucoup de caractère pour remettre des règles et des principes, afin que chacun soit à sa place dans la relation entre Etat et grandes entreprises. Elles défendent leurs intérêts, c'est légitime. Pour l'Etat, la courtoisie, l'échange, les bonnes relations sont une chose, la connivence et la compromission en sont une autre.

Les intérêts économiques existent. L'intérêt des entreprises n'est pas pour moi l'ennemi. Voir les entreprises comme un tout homogène est d'ailleurs une erreur politique et économique trop souvent commise. Les contradictions internes au patronat sont réelles, même si elles sont souvent gommées au profit d'une solidarité de caste qui masque des intérêts spécifiques, souvent divergents. Il arrive que l'intérêt des entreprises converge avec les intérêts de la nation, mais ce n'est pas toujours le cas. Et la question écologique concentre inévitablement un affrontement entre intérêt général et intérêts particuliers, parce qu'elle se situe au point exact du frottement entre choix collectifs de long terme et profits individuels de court terme. Seule la puissance publique, émanation de la démocratie, peut faire prévaloir des décisions d'intérêt général et de long terme. Nulle autre autorité ne peut rappeler cette règle élémentaire et fondatrice depuis les Lumières : l'intérêt général, l'intérêt public, n'est pas la somme des intérêts particuliers.

Les ministres de l'Ecologie, partout dans le monde, sont souvent en première ligne pour faire valoir des choix de long terme. Jayanthi Natarajan, ministre indienne de l'Environnement, a été remplacée en décembre 2013. Son successeur a pris des décisions expéditives toutes défavorables à l'écologie, et donné son feu vert à de nombreux projets industriels qu'elle bloquait. Le ministre de l'Environnement de Pologne, Marcin Korolec, qui présidait les négociations internationales sur le climat de Varsovie fin 2013, qui n'est pourtant pas un fervent partisan de la lutte contre le réchauffement climatique, a été remplacé par le ministre des Finances, Maciej Grabowski, dont la priorité est de développer l'exploitation du gaz de schiste. Il n'y a pas qu'en France que la fonction soit précaire… Evidemment, on attendait de la gauche autre chose, qu'elle soit à l'avant-garde du changement de modèle. Les difficultés sont les mêmes chaque fois que le camp du progrès accède aux responsabilités pour changer les choses. Soyons lucides sur les vraies raisons pour lesquelles le changement est bloqué.

Les lobbies sont forts. Ils sont puissants. Je sous-estimais certainement, avant d'occuper les fonctions de ministre de l'Ecologie et de l'Energie, la vigueur du lobby pétrolier en France. Mais ils sont surtout forts de la faiblesse des gouvernants face à eux. Et ils n'ont pas gagné la partie.

Ils voudraient tout diriger, mais la résistance est forte. Ils n'ont pas empêché l'émergence d'une opinion publique mondiale. Aux quatre coins du monde, même en Chine, ou en Turquie, les combats écologiques portent l'exigence démocratique. L'Amérique latine se mobilise pour soutenir l'idée d'un tribunal pénal international pour mettre fin à l'impunité des crimes contre la nature commis par les multinationales. En France, elles n'ont pas empêché qu'une simple mobilisation citoyenne obtienne, sous un gouvernement de droite, l'interdiction du gaz de schiste en France. Les lobbies n'ont pas empêché notre pays d'inscrire la protection de l'environnement dans sa Constitution. C'est la loi fondamentale de la République. La meilleure arme, face aux lobbies de toutes sortes, c'est la démocratie.

★

Champagne !

Les pêcheurs deux-sévriens parlent avec les yeux qui brillent de cette époque où la biodiversité des rivières était exubérante :

— On faisait des pêches miraculeuses, on prenait des truites grandes comme ça (avec le geste décrivant la taille du poisson entre les deux mains). On ne pouvait même pas voir le poisson au fond de la rivière, tellement le courant était soutenu. Il y avait partout des herbiers aquatiques, avec des crustacés, des invertébrés, des truites, des anguilles…

Désormais, le Pamproux, affluent de la Sèvre Niortaise, n'a plus que 20 % du débit des années 70. Les pesticides ont infecté l'essentiel du système hydraulique. Et les pêcheurs remettent artificiellement du poisson dans la rivière pour être sûrs de pouvoir pêcher…

On raconte en Deux-Sèvres qu'au lendemain de mon remplacement par Philippe Martin à la tête du ministère de l'Ecologie, les céréaliers irrigants de Vendée et de Charente-Maritime ont sabré le champagne pour fêter ça. J'ignore si l'anecdote est vraie, mais ils avaient une bonne raison de se réjouir puisque le moratoire que j'avais mis en place sur les « bassines » – ces retenues dites « de substitution », remplies avec l'eau des rivières ou des nappes phréatiques et destinées à l'arrosage massif des grandes cultures céréalières – a presque immédiatement été levé. Les financements publics pour ces prélèvements sur les milieux naturels ont été rétablis en octobre 2013.

L'état de la ressource en eau et des milieux aquatiques est, dans une relative indifférence générale, un des plus gros problèmes écologiques de la France. Elle est intimement liée à la nature de notre modèle agricole. 93 % des fleuves et rivières sont pollués par les pesticides. 55 % du territoire est classé en « zone vulnérable » pour les nitrates. Les algues vertes, provoquées par l'excès de nitrates, pullulent le long du littoral breton et maintenant normand. A cette situation critique en termes de qualité de l'eau, s'ajoute le fait que plusieurs départements métropolitains sont confrontés à un déficit structurel au regard du niveau des masses d'eau et des nappes phréatiques. Chaque année, ou presque, des mesures de restriction d'usage de l'eau sont prises parce que la ressource est surexploitée pour les cultures d'exportation. On arrose le maïs en plein soleil et à grandes eaux. Je suis sûre que, par les temps qui courent, il y a mieux à faire avec l'argent public.

*

Le ministre fantôme

Physiquement, Henri Proglio est beaucoup plus petit que moi. Il y a dans le tempérament de cet homme tantôt courtois et attentionné, tantôt nerveux, et dans sa façon de maîtriser les codes de la politique à l'ancienne, quelque chose qui ressemble profondément à Nicolas Sarkozy, bien qu'il se revendique chiraquien.

De lui, j'avais retenu, avant d'être ministre en charge de l'énergie, la présence sur la photo de la fameuse nuit du Fouquet's en mai 2007, posant aux côtés de Rachida Dati, les mains sur le haut du canapé où était assise Cécilia Sarkozy. Je me souvenais aussi évidemment de son affrontement avec Anne Lauvergeon lorsqu'elle était à la tête d'Areva. Sans avoir de contentieux personnel avec Henri Proglio, je n'en avais pas moins, autant le dire, quelques préjugés. Et je n'avais pas oublié que, durant la campagne présidentielle, François Hollande avait annoncé son intention de procéder à deux remplacements : celui du patron des services de renseignements Bernard Squarcini – ce qui fut fait –, et celui du patron d'EDF Henri Proglio – à propos duquel nous avions assumé pendant la campagne présidentielle le fait que « on ne pourra pas le garder ». Dans un trait d'humour, Michel Sapin avait même proposé de lui « rendre service » en mettant fin à « une situation difficile pour lui » en cas de victoire de la gauche. Il faut dire que Henri Proglio n'avait manqué aucun des deux meetings de Nicolas Sarkozy dans les centrales nucléaires, que ce soit à Pierrelatte en novembre 2011 ou à Fessenheim en février 2012, et qu'il avait payé de sa personne pour dénoncer le programme de François Hollande concernant la diminution de la part du nucléaire dans le bouquet énergétique.

Ce n'est pas un secret, j'avais demandé son remplacement à la tête d'EDF. Je n'étais pas la seule ministre à le souhaiter, mais je laisse à mes anciens collègues le soin de s'exprimer sur ce sujet, ou pas. J'ai même été jusqu'à auditionner en octobre 2012 un candidat sérieux à la présidence d'EDF, qui m'avait été chaudement recommandé par Emmanuel Macron. Les choses ont donc été relativement loin avant Noël 2012. Puis en janvier, on m'a annoncé la décision prise par le président de la République de maintenir Henri Proglio, arguant que le Premier ministre avait plaidé en ce sens.

Ma première rencontre avec le président d'EDF fut rude, comme une sorte de bizutage. C'était le 9 juillet 2012, en fin d'après-midi. D'emblée, il a voulu mettre l'ambiance. Pierre Cunéo, mon directeur de cabinet, l'avait accueilli dans l'antichambre et me fit de grands signes pour me prévenir de son mécontentement. Il faut dire que le rendez-vous était fixé le jour même où nous avions décidé de limiter la hausse des prix de l'électricité à 2% pour protéger le pouvoir d'achat des Français, une décision qui n'arrangeait pas la situation financière de l'entreprise et qui a été depuis condamnée par le Conseil d'Etat. Ce jour-là, Henri Proglio n'était vraiment pas content. Il m'a aussi annoncé sa demande d'indemnisation pour la fermeture de Fessenheim. Par la suite, un rendez-vous sur deux prenait la tournure d'une épreuve de force. Henri Proglio ne se cachait pas d'être le porte-parole des actionnaires, obnubilés par la valeur boursière d'EDF.

Le 20 septembre 2012, lorsque les dix-neuf patrons de centrale nucléaire, après que le président de la République eut confirmé la fermeture de Fessenheim, prirent position publiquement contre la décision du gouvernement, le PDG d'EDF nous avait assuré qu'il s'agissait d'une « démarche personnelle des directeurs de centrale ». Et lorsque je demandai que ce dossier passe au conseil d'administration d'EDF, il pointa le risque du déclenchement d'une grève de la CGT dans les centrales nucléaires. Naturellement, il souhaitait le bonheur du gouvernement et tenait à nous mettre en garde afin de protéger nos intérêts !

Alors que le dossier de mise à l'arrêt préparatoire à la fermeture définitive d'une centrale nucléaire est techniquement très lourd et prend du temps à être constitué, EDF jouait la montre, multipliait les réponses dilatoires, sachant à quel point la question du calendrier était stratégique pour le pouvoir… Il a suffi que Francis Rol-Tanguy, ingénieur général des Ponts et Chaussées, ancien directeur de cabinet de Jean-Claude Gayssot, que nous avions nommé délégué interministériel chargé de mener à bien la fermeture de Fessenheim, pointe dans une interview « un certain autisme du milieu nucléaire » sur la fin de vie des centrales, pour qu'EDF rompe les relations de travail. Rol-Tanguy s'est ainsi retrouvé au chômage technique pendant presque deux mois !

Que Henri Proglio défende son point de vue est une chose, qu'il gagne presque tous les arbitrages en est une autre. Ce que je refusais, il l'obtenait du Premier ministre directement. En décembre 2012, j'étais contre le transfert de 5 milliards de dette de CSPE (contribution au service public de l'électricité acquittée par les consommateurs) pesant sur les comptes d'EDF vers les consommateurs, soit 67 euros en moyenne pour chaque abonné à l'électricité, mais Matignon a arbitré en ce sens. J'étais pour exiger la présentation immédiate de la fermeture de Fessenheim en conseil d'administration d'EDF. Matignon était contre. Finalement cela ne fut fait qu'en septembre 2013. J'étais contre la réduction du volume du programme de déploiement des compteurs communicants « Linky », qui doivent permettre à chacun de pouvoir suivre en temps réel sa consommation. J'ai perdu l'arbitrage… Quand il est apparu que le projet de loi sur la transition énergétique renoncerait à se donner les moyens d'atteindre l'objectif du président de la République sur la réduction de la part du nucléaire, j'ai fini par appeler avec ironie Henri Proglio le « ministre fantôme » de l'Energie pour dire à quel point ce n'est pas l'Etat qui dirige EDF, mais à l'inverse le patron d'EDF qui semble diriger l'Etat.

L'Etat, la gauche, n'ont pas assez mesuré les conséquences du changement de statut d'EDF. Etablissement public à caractère industriel et commercial depuis la loi du 8 avril 1946, EDF a été transformée en société anonyme en 2004, puis introduite en Bourse en 2005. Notre service public est devenu une des grandes majors du CAC 40. Et même si l'Etat est largement majoritaire avec 84,5 %, les actionnaires minoritaires ont plus que leur mot à dire. L'exemple de Fessenheim le prouve : juridiquement et financièrement, la présence d'actionnaires minoritaires de droit privé change tout, l'Etat n'est plus le seul maître à bord. Et il n'est lui-même pas univoque. En réalité, EDF est sous la double tutelle du ministère de l'Energie et de Bercy au titre de l'Etat actionnaire, par le biais de l'Agence des participations de l'Etat (APE). Jusqu'à ce que nous y mettions un peu d'ordre, la coordination entre les deux lobes du cerveau de l'Etat au sein d'EDF était inexistante. Du coup, ce sont rarement les objectifs de politique énergétique qui priment mais, en ces temps de vaches maigres pour les finances publiques, l'intérêt de l'Etat actionnaire en terme de perception de dividendes… lesquels dépassent les 2 milliards d'euros par an.

J'ai expliqué précédemment en quoi la question de la souveraineté énergétique était déterminante pour la transition énergétique. Nous avons avec EDF l'exemple concret par excellence. La titrisation de la belle entreprise publique a changé son paradigme. C'était comme faire entrer le loup du court terme dans la bergerie de la politique énergétique.

Nous avons sérieusement envisagé de reprendre la main. Ce débat – resté totalement confidentiel – a traversé l'exécutif. J'ai soutenu la proposition de François Brottes, le président de la commission des affaires économiques de l'Assemblée nationale, de travailler sur un scénario de renationalisation d'EDF. Nous partagions la conviction que reprendre ce levier était décisif pour accomplir la transition énergétique. C'était la conclusion évidente de la recherche d'une solution alternative à la libéralisation de l'hydroélectricité en France, car si les barrages revenaient dans le giron d'un établissement public, aucune loi ne pouvait exiger leur ouverture à la concurrence…

L'option d'une renationalisation partielle et adaptée d'EDF – avec EDF 100 % public et une filiale internationale détenue seulement à 51 % par l'Etat, ainsi qu'une européanisation de RTE (filiale d'EDF gérant le réseau public de transport d'électricité en France métropolitaine) – n'était pas hors de portée financièrement, même dans le contexte budgétaire actuel.

Cette option, dont je demandais qu'elle soit étudiée à fond avant toute décision, a été écartée par principe. Jean-Marc Ayrault, en présence et avec l'assentiment de François Hollande, a tranché immédiatement : ce n'était « même pas la peine d'y penser ». Et ajouté qu'il fallait « arrêter de faire courir des rumeurs sur la renationalisation d'EDF » alors que jamais nous n'avions ne serait-ce qu'ébruité ce débat.

Ainsi, non seulement je m'opposais à la vente d'une partie supplémentaire du capital de l'Etat dans EDF – tout comme je m'y opposais concernant GDF Suez dont le gouvernement a vendu 3,1 % récemment – mais je préconisais l'alternative exactement contraire. Je reste aujourd'hui convaincue que cette réflexion doit aller jusqu'au bout. Elle peut être envisagée soit sous la forme classique d'une reprise totale du capital par l'Etat, soit, de façon plus moderne, sous la forme d'une sortie de cotation boursière d'EDF accompagnée d'une transformation en société mutuelle. Les actions non cotées ou parts des sociétaires seraient détenues par l'Etat, mais aussi les salariés et les consommateurs. Leur rémunération serait régulée pour permettre à EDF de faire face aux investissements considérables qu'elle doit réaliser dans la sûreté nucléaire, les réseaux, les nouveaux moyens de production renouvelables. Cette proposition, portée par le syndicat CFE-CGC, doit être très sérieusement examinée.

La Bourse ne fera jamais le choix de la transition énergétique. Ce n'est pas même une question de préférence technologique, c'est une question de cycle de rentabilité. Jamais développer le parc nucléaire n'aurait été possible avec le statut actuel de l'entreprise et son exposition à la spéculation : la garantie implicite et illimitée de l'Etat a été indispensable à l'endettement. Aujourd'hui, la transition énergétique nécessite elle aussi de très lourds investissements et donc un fort endettement. Les décisions se prennent à quinze ou vingt ans. J'ajoute qu'il est également impératif de reprendre la main sur le parc nucléaire. Il est invraisemblable que notre nation ait pu abandonner son nucléaire au marché et à la Bourse ! La conséquence a été depuis dix ans un sous-investissement chronique parce que, fatalement, la priorité a été donnée aux dividendes des actionnaires sur les vrais choix industriels. Et je ne parle même pas de toutes les décisions de l'Etat sur les tarifs de l'électricité ou sur la transition énergétique qui sont ainsi exposées aux rumeurs, aux manipulations, bref, à la spéculation ! J'en suis arrivée à cette conclusion : on peut faire toutes les contorsions du monde que l'on voudra, la solution la plus simple et directe pour que l'Etat redevienne le pilote et soit maître de ses choix sur l'avenir du parc nucléaire est de reprendre le contrôle effectif d'EDF.

★

La liste

Un autre dossier crispait particulièrement le gouvernement sur les questions écologiques, celui de Notre-Dame-des-Landes.

Au point de départ, écologistes et socialistes étaient d'accord sur leur désaccord. François Hollande avait pris clairement position pour l'aéroport et les Verts avaient décidé que ce sujet n'était pas suffisamment important pour faire obstacle à leur participation au gouvernement. Le texte Verts-PS mentionnait ainsi explicitement Notre-Dame-des-Landes comme un différend qui n'empêchait pas l'alliance.

L'ampleur des mobilisations contre le projet d'aéroport, à l'automne 2012, va déstabiliser cet arrangement. Notre-Dame-des-Landes devient le symbole de ces projets d'infrastructure qui mettent tellement de temps à aboutir qu'ils en deviennent caducs et inadaptés à leur époque. Les Verts sont débordés par l'intensité d'une contestation qui leur échappe. Une mobilisation écologiste se développe en considérant ce dossier comme essentiel, alors que eux l'ont jugé accessoire. Notre-Dame-des-Landes devient le rendez-vous de tous les alternatifs, y compris de groupuscules ultra-violents.

Cette dérive violente empêchera d'ailleurs la mobilisation de se développer davantage.

Je n'ai jamais accepté la moindre complaisance vis-à-vis de la violence. Ceux qui sont contre l'aéroport pouvaient manifester, contester le projet devant la justice, mais dans une démocratie, on ne peut pas admettre que qui que ce soit veuille imposer son point de vue par la force.

Par contre, sur le fond du dossier, mon rôle était de veiller, à chaque étape, scrupuleusement, au respect des lois sur l'eau et la biodiversité. Or la non-conformité du projet à cette exigence était de plus en plus évidente au regard de son impact sur la zone bocagère et humide où, les acquisitions foncières ayant gelé toute opération depuis des années, la biodiversité a trouvé refuge et est devenue exceptionnelle… Une commission d'expertise scientifique indépendante a d'ailleurs confirmé que la méthode de compensation environnementale retenue par le maître d'ouvrage n'était tout simplement pas valable.

Le dossier de Notre-Dame-des-Landes était tellement hypersensible qu'il était directement géré par Matignon, non sans une certaine fébrilité. Il est arrivé à plusieurs reprises que mes conseillers m'annoncent qu'ils étaient convoqués « discrètement » par Matignon pour de petites réunions informelles. J'ai fini par être de plus en plus agacée que les conseillers du Premier ministre appellent les services du ministère directement dans cette affaire. J'ai même dû protéger l'indépendance de la commission d'expertise scientifique.

L'équipe de communication de Matignon était également mobilisée. En réunion interministérielle, ces petits apprentis sorciers ont distribué un jour une note intitulée « Positions des journalistes sur NDDL ». Ce n'était pas une note d'analyse du traitement médiatique du dossier, mais bien une liste répertoriant les journalistes selon leurs supposées positions personnelles. Les journalistes de la presse nationale et régionale travaillant sur Notre-Dame-des-Landes étaient nominativement regroupés en trois catégories :

– « Les neutres », parmi lesquels on trouvait par exemple l'AFP, *Le Parisien*, *Presse Océan*, un journaliste des *Echos* mais aussi *Ouest-France* dont « la rédaction est soulagée d'avoir quelqu'un de plus nuancé » ;

– « Ceux qui sont contre ou manifestent des sympathies pour les "zadistes" », chapitre dans lequel étaient rangés *Le Télégramme de Brest*, un autre journaliste des *Echos*, *Sud-Ouest*, deux journalistes de *Libération*, et trois journalistes du quotidien *Le Monde* qui « se font le relai de tous les anti-NDDL » ;

– « Les favorables au projet », où l'on retrouve *Challenges*, *Le Point*, *Le Nouvel Observateur*, France Info, France 3 Pays de la Loire…

Je ne sais pas si cette liste doit être mise sur le compte de l'excès de zèle, de la bêtise, ou d'un symptôme plus préoccupant.

*

Ra-ré-fac-tion

(6 février 2013)

Le mercredi 6 février 2013, je dois présenter une communication en Conseil des ministres sur les grands principes de la réforme du code minier. Comme c'est l'habitude pour ce type d'exercice, dans les jours qui précèdent, une réunion interministérielle – dite « RIM » – examine le projet de communiqué de presse qui sera publié à l'issue du Conseil des ministres. J'ai validé le texte que mon équipe a proposé. Il comporte notamment cette phrase : « Le sous-sol est un bien commun de la nation, que les pouvoirs publics doivent valoriser, dans le respect des exigences environnementales et en tenant compte de la raréfaction des ressources. » Une phrase banale, pas de quoi fouetter un chat. A la sortie de la « RIM », le mot raréfaction a été barré et remplacé par « dans une optique de développement durable ». Barrer le mot « raréfaction », les bras m'en tombent ! La raréfaction des ressources est une donnée tellement élémentaire que jamais je n'aurais imaginé que l'emploi de ce mot dans le compte rendu du Conseil des ministres puisse poser un quelconque problème politique. Le premier réflexe des cabinets du Premier ministre et du président de la République est pourtant de le supprimer comme s'il dérangeait. Là est le cœur, le point précis du blocage de la vieille pensée socialiste concernant l'écologie. La raréfaction des ressources, qui est un fait indiscutable, n'est tout simplement pas admise. On est dans le plus total déni de réalité ! Bien sûr, il n'a pas été compliqué de convaincre que je tenais personnellement à ce que ce mot de raréfaction figure dans le communiqué du Conseil des ministres, et le texte fut donc rétabli selon mes voeux. Mais cette petite anecdote est terriblement révélatrice des réflexes idéologiques qui sévissent encore. Une bonne partie des élites n'a pas intégré que la planète est finie, limitée, épuisée, que nous sommes entrés dans une nouvelle ère : celle de la raréfaction des ressources.

Il faudrait offrir à tous les gouvernants de la planète *L'Evénement Anthropocène* des historiens Christophe Bonneuil et Jean-Baptiste Fressoz[3]. Ils démontrent en quoi le terme de « crise environnementale » est inapproprié pour rendre compte de ce qui est une « révolution géologique d'origine humaine » : « le terme crise désigne un état transitoire, or l'Anthropocène est un point de non-retour », écrivent-ils.

---

3. Christophe Bonneuil et Jean-Baptiste Fressoz, *L'Evénement Anthropocène*, Seuil.

S'il y a eu une réelle prise de conscience concernant les conséquences du réchauffement climatique, les autres dimensions de la nouvelle ère – effondrement massif de la biodiversité, conséquences sanitaires des produits chimiques, raréfaction des ressources – sont largement et délibérément sous-estimées. Après le climato-scepticisme, l'écolo-scepticisme continue son œuvre. Et encore faut-il souligner, pour ce qui concerne l'enjeu déterminant du climat, que le récent rapport du Groupe d'experts internationaux sur le climat (GIEC) retenant le scénario d'un réchauffement allant jusqu'à 4,8 degrés d'ici 2100 a été accueilli dans une relative indifférence générale et que tout reste à faire pour arracher un accord international permettant d'agir pour en éviter les conséquences catastrophiques. Ce sera l'enjeu de la conférence sur le climat à Paris en 2015.

La raréfaction des ressources est une donnée fondamentale du XXIe siècle, une course à l'abîme qui bouleverse radicalement les conditions d'existence de l'humanité. 60 % des écosystèmes sont dégradés. Nous consommons, chaque année, plus de ressources renouvelables que la planète ne peut en produire, creusant une dette environnementale que personne ne pourra rembourser. Il existe un calendrier d'épuisement des ressources. Les stocks de poissons seront épuisés dans trente ans. Il n'y aura plus de zinc autour de 2020, plus de cuivre avant 2040, plus de fer avant 2100. La raréfaction des ressources est à l'origine des crises économiques, des affrontements géostratégiques, des guerres. L'Europe a déjà établi la liste des quatorze matières premières critiques pour l'économie européenne parmi lesquelles le cobalt, le platine, le tungstène. La Chine détient 97 % des réserves mondiales de terres rares et a décidé d'en réduire les exportations de 40 %... L'affrontement entre puissances pour l'appropriation des ressources naturelles n'est pas une nouveauté, il est exacerbé. Mais la notion de raréfaction des ressources, elle, continue d'être occultée. C'est comme si les socialistes avaient cessé d'être matérialistes !

La pensée et la culture des socialistes n'ont donc apparemment pas progressé depuis 2004. Cette année-là était débattue la Charte de l'environnement. Avec elle, la France est devenue l'un des rares pays au monde à inscrire le droit de l'environnement dans la Constitution, à ériger la protection de la nature tout en haut de la hiérarchie des normes. Lors du débat au bureau national du parti socialiste le 27 mai 2004, j'ai fait partie de la poignée de ceux qui défendaient la position que les socialistes devaient voter « pour » la Charte de l'environnement. Parmi ceux, majoritaires, qui étaient d'un avis contraire, on retrouvait Jean-Christophe Cambadélis, Arnaud Montebourg, mais aussi Jean-Luc Mélenchon qui, à l'époque, considérait le principe de précaution comme contraire au progrès. Au final, François Hollande, alors premier secrétaire du PS, a décidé que la position du parti serait l'abstention, avec une justification politicienne : « C'est une loi qui vient de l'Elysée, un "coup" de Chirac. »

Quelle erreur politique ! Elle marque à mes yeux une faute originelle du PS sur l'écologie, parce qu'elle est tellement révélatrice des impasses et des contradictions idéologiques de ma famille politique. La tactique l'a emporté parce que sur le fond, la position de mon parti n'était pas claire. A l'époque, Claude Allègre pesait lourd. L'orateur du groupe socialiste à l'Assemblée nationale, Christophe Caresche, dénonçait un « aventurisme constitutionnel » et expliquait ainsi au sujet du principe de précaution : « Il ne nous apparaît pas raisonnable de constitutionnaliser ce principe et d'en faire un principe d'application directe. » Un seul député socialiste a voté « pour ». Le principe de précaution, à l'initiative de Lionel Jospin, figurait pourtant dans tous les textes du PS depuis le milieu des années 90…

« Un socialiste, un écologiste, c'est d'abord quelqu'un qui aime et qui combat pour ce qu'il aime », écrivait François Mitterrand dans le chapitre « Vivre autrement » de *Ici et maintenant* en 1980. Il ajoutait : « Je n'aperçois pas de différence sérieuse dans la façon d'aborder les problèmes entre les écologistes et nous », précisant que « le clivage commence avec le nucléaire ». Mais il stigmatisait « la croissance pour la croissance », proclamait « j'ai les poumons écologistes », expliquait « les socialistes de l'autre siècle qui luttaient pour que le mineur ne crève pas de silicose, faisaient de l'écologie en croyant faire du socialisme. Le temps vient où l'on fera du socialisme en croyant être écologiste ». Il reprenait ainsi à son compte, dans la perspective de 1981, les idées écologistes portées par la deuxième gauche autogestionnaire des années 70 qui a irrigué la pensée socialiste. Comment est-il possible que trente-quatre ans plus tard, on en soit au même point, et, pire, que la pensée socialiste soit parfois même en recul ?

J'ai toujours défendu l'alliance Verts-PS. J'ai appartenu au courant du parti socialiste – « la Nouvelle Ecole socialiste » puis « la Gauche socialiste » – qui le premier a plaidé pour cette alliance dès 1989. Dans notre esprit, il ne s'agissait pas d'une simple alliance électorale, mais d'une convergence sur le fond des projets. Je n'ai pas changé d'avis : en 2012, j'ai pensé que ce serait un progrès que les Verts disposent – grâce aux socialistes – enfin d'un groupe parlementaire. Mais force est de constater que l'alliance électorale avec les Verts, à partir du milieu des années 90, a encouragé la paresse intellectuelle du parti socialiste. La question écologique a été sous-traitée à notre partenaire, et du même coup le PS s'est enfermé dans des certitudes productivistes.

Il y a en fait depuis des années, indépendamment de la sincérité des militants des deux formations, une perversité à double sens dans la relation entre les Verts et le parti socialiste. Au lieu d'une relation fusionnelle, qui apporte à chacun, qui transforme chacun, il s'agit d'une instrumentalisation réciproque : que chacun reste chez soi et les vaches seront bien gardées !

D'un côté, elle évite au PS de se remettre en cause, de réfléchir, de formuler une pensée globale dans laquelle la question écologique soit centrale. L'approche politicienne de l'accord électoral avec le partenaire écologiste l'emporte sur les questions de fond.

De l'autre, cela ne gêne pas les Verts que les socialistes déçoivent, qu'ils ne soient pas écolos, pour justifier leur existence comme parti. Ils conservent ainsi une forme de monopole, mais s'enferment dans une immaturité politique dans leur rapport au pouvoir, incapables d'assumer les responsabilités, louvoyant en permanence entre les convictions écologistes et leurs intérêts de boutique. Le summum est leur refus de prendre directement les commandes du ministère de l'Ecologie et de l'Energie quand Manuel Valls le leur a proposé. En fait les Verts ne se déterminent jamais en fonction de l'écologie, mais toujours d'autres considérations politiciennes. Eux qui prétendaient faire de la politique autrement, ont reproduit les vieux comportements d'appareil, le même esprit tacticien où ce qui détermine tout ce sont les postes et non plus les idées.

Au final, les écologistes apportent beaucoup moins à la gauche que ce qu'ils devraient. Et les Verts contribuent à marginaliser une idée et une valeur potentiellement largement majoritaire dans la société. L'écologie représente bien plus que le score de 2,3 % réalisé par les Verts à l'élection présidentielle. Quant au vieux PS, cet état de fait lui permet de ne pas se remettre en cause.

Cette relation perverse entre les Verts et le PS a été poussée à son paroxysme par l'alliance des hyper-tacticiens François Hollande et Cécile Duflot. Ces deux-là se sont bien trouvés et se sont tellement bien entendus… Combien de fois, sur des arbitrages importants, n'ai-je pas été confrontée au fait que François Hollande ou Jean-Marc Ayrault avaient passé un accord avec les Verts en deçà de ce que j'espérais obtenir. Ils objectaient à mes demandes « mais ce sont eux les écologistes, et ils sont d'accord ! ». L'échec jusqu'ici du quinquennat Hollande sur l'écologie est aussi celui des Verts. Le grand jeu de la tactique politique, pour l'écologie, est au final un jeu où tout le monde perd.

Le moulin à prières de la croissance

« Le programme était basé sur la croissance, mais on n'est pas près de la voir, donc il y a un gros problème ! » me dit Guy Moreau, agriculteur deux-sévrien et responsable socialiste. J'ai confiance dans son sens politique. Ce qu'il me dit en ce début 2013, les Français l'ont parfaitement compris depuis un bon moment. C'est d'ailleurs la vraie raison de la désaffection de nos électeurs : ils ne croient plus au retour de la croissance, ils ne croient plus un mot du programme politique des socialistes. Et ils ont raison ! Alors lorsque le président de la République annonce une « inversion de la courbe du chômage », ou que « la reprise est là », ou encore que « le retournement » est pour bientôt, c'est comme s'il creusait chaque jour davantage la tombe de sa popularité. Le moulin à prières de la croissance n'est d'aucune efficacité. Et ces oracles jamais vérifiés reposent en plus sur une idée fausse : que le résultat économique ferait mécaniquement un résultat politique positif pour la gauche. C'est oublier un peu vite que Lionel Jospin avait été éliminé du deuxième tour de l'élection présidentielle après avoir créé deux millions d'emplois en France... Les socialistes devraient savoir que le succès électoral n'est pas indexé sur la courbe du chômage. Et que la croissance ne peut pas se substituer à un projet de société.

Ce n'est pas la gravité de la situation budgétaire du pays qui a été sous-estimée par la gauche, avant son arrivée aux responsabilités. Ni la profondeur du déclassement industriel de la France. La véritable erreur est plus profonde, plus grave : elle est de ne pas avoir compris la nature de ce que l'on appelle la « crise ». Là est le cœur de mon désaccord politique avec le président de la République : la crise n'est pas conjoncturelle, elle est structurelle. La crise n'est pas juste un mauvais moment à passer, une parenthèse qui va vite se refermer, elle est systémique, elle est le nouvel état durable de l'économie française et européenne. Elle s'explique notamment par la crise énergétique et la raréfaction des ressources à l'échelle mondiale, ainsi que par le changement d'ère industrielle que représente la reconfiguration mondiale de l'économie par le numérique[4]. L'importance des facteurs de production que sont, aux côtés du travail et du capital, l'énergie et les ressources est trop souvent mésestimée. La crise financière et de la dette a fait passer au second plan celle de l'économie réelle, qui est profonde.

4. Lire à ce sujet le livre de Pierre Bellanger, *La Souveraineté numérique*, Stock.

Or non seulement les causes de la crise financière n'ont pas été réellement traitées, mais jusqu'ici la croissance a toujours été basée sur l'exploitation des ressources. Et la compétition pour les matières premières s'est souvent réglée par la violence, comme en atteste toute l'histoire de la colonisation et des guerres mondiales… Quand le coût de l'énergie augmente de 190 % et le coût des matériaux de 135 % en dix ans, cela ne peut pas ne pas avoir de conséquences sur l'économie mondiale !

« Le lien énergie-économie signifie une croissance nulle pendant les cinq ans à venir en France et en Europe », écrivait dès 2012 Jean-Marc Jancovici[5]. L'OCDE elle-même prévoit un ralentissement structurel de la croissance mondiale avec 3,6 % de croissance en 2010 et 2020 en moyenne, et 2,4 % à l'horizon 2050. En Europe, la situation est carrément celle d'une stagnation économique durable, soit la récession, soit la croissance molle, c'est-à-dire une évolution du PIB tellement faible qu'elle ne permettra pas d'endiguer le chômage de masse. « Quel dirigeant osera le dire ? Notre potentiel de croissance est durablement nul », dénonçait à juste titre il y a déjà plusieurs mois Matthieu Pigasse[6].

Le déni de réalité concernant la raréfaction des ressources, concernant donc la place de la question

---

5. « Les limites énergétiques de la croissance », *Le Débat* n°171, 2012.
6. Matthieu Pigasse, *Eloge de l'anormalité*, Plon.

écologique dans notre projet politique, a contribué à une gigantesque erreur de politique économique. La gauche a en effet fondé son programme sur 2 % de croissance par an, 10 % sur le quinquennat. François Hollande était persuadé qu'il suffisait d'attendre un début de reprise internationale ou européenne, qu'il suffisait de faire le dos rond, de mettre en place quelques dispositifs comme les contrats d'avenir ou le contrat de génération, et de surmonter la crise de la dette pour que la croissance reparte, et que le vent souffle de nouveau dans les voiles. Cet attentisme s'est fracassé sur la réalité.

Nous ne sommes pas confrontés à une crise seulement économique, mais à une crise du modèle de civilisation. Il n'y aura pas de retour au monde d'avant, un monde sans Internet, avec pétrole bon marché, où des parties entières du monde restaient, pour le capitalisme, encore à conquérir. Il n'y aura pas de sortie de crise sans changement de modèle.

Quand la raréfaction des ressources exacerbe les rapports de domination, que la crise écologique intensifie la nature destructrice du capitalisme et s'ajoute à des inégalités sociales gigantesques, il n'y a pas de place pour l'inertie et pour attendre une reprise spontanée qui ne viendra jamais. Il n'y a pas d'issue possible sans organiser notre propre changement de modèle économique, sans aller chercher une nouvelle forme de croissance endogène.

Pour la France, cette nécessité est encore plus criante puisqu'il n'y a presque plus de moteur dans l'économie nationale. Des pans entiers de notre appareil productif sont aujourd'hui en bonne partie obsolètes. La politique industrielle a été abandonnée pendant trente ans. Souvenez-vous, c'était le temps où l'on nous expliquait que les services étaient le seul horizon d'avenir pour l'économie française… Le plus gros problème de la France n'est pas le coût du travail, mais le sous-investissement endémique qui a déclassé notre appareil productif. La France a besoin d'un grand plan de modernisation, ce que l'on appelle en Amérique latine un « changement de matrice productive ». Celui-ci doit être sous-tendu par les politiques de long terme. Les grands chantiers prioritaires sont la transition énergétique, les infrastructures de transport collectif, le numérique, l'éducation et la formation professionnelle. Seule une vision d'avenir peut soulever l'effort de la nation tout entière.

Le véritable débat de politique économique n'est donc pas entre le « socialisme de l'offre » et celui de la demande. Il est entre politique d'austérité ou de relance, continuité ou changement de modèle. Le soi-disant « choc d'offre » décidé par le gouvernement avec le CICE n'est en réalité même pas un « choc » : il est petit bras dans son ampleur, et surtout il n'est pas orienté sur une stratégie de croissance sectorielle. Le vrai choc dont la France a besoin, est un choc d'investissement. L'investissement, public et privé, est le nerf de la guerre du changement de modèle. Il s'est effondré. L'investissement public et privé en Europe a chuté de 16% entre 2008 et 2013 selon Eurostat. Le seul investissement public lui est passé de 4,5% du PIB en 1970 à 2,5% aujourd'hui ! L'investissement des entreprises en France est en recul, et il n'a pas redémarré, contrairement à ce que l'on nous promettait. Le théorème de Helmut Schmidt reste vrai, « les profits d'aujourd'hui sont les investissements de demain et les emplois d'après-demain », sauf que les dividendes absorbent les profits au détriment de l'innovation et de la modernisation. Voilà pourquoi l'OFCE a raison de proclamer « il faut relancer l'activité par l'investissement ». Les périodes de récession ont toujours été des périodes d'innovations technologiques sur lesquelles le nouveau cycle d'expansion peut démarrer. Et l'écologie est un puissant moteur d'innovation.

Or on ne peut pas faire d'écologie sans argent ! La transition énergétique sans investissements massifs n'existe pas davantage qu'un couteau sans lame... Ce point de vue n'est pas nouveau. Déjà le 17 février 2013 je disais : « On est au maximum de ce qu'on peut faire en termes d'économies et de réduction de dépenses. (...) Nous ne voulons pas sacrifier les investissements d'avenir. (...) Je pense qu'il faut avoir conscience que la sortie de crise, ce n'est pas qu'une question de bonne gestion du budget. C'est aussi une réorientation, un changement de modèle. »

Une autre politique économique que celle qui est menée actuellement est possible. Elle passe par un plan de relance par l'investissement. Elle doit être fondée sur l'ambition d'organiser le découplage entre la consommation d'énergie et de ressources, et la croissance économique. Elle doit ainsi commencer par un grand bond en avant d'efficacité énergétique, avec un déploiement massif des travaux de rénovation énergétique chez les particuliers, dans les équipements publics, dans le tertiaire, dans la production industrielle, afin de soutenir l'activité du bâtiment et des nouvelles technologies d'efficacité énergétique active. « Quand le bâtiment va, tout va » reste un slogan valable et il est possible de faire de la France un démonstrateur géant de *smart grids* !

Hélas, comme l'explique parfaitement Alain Grandjean[7], les économistes classiques s'intéressent très peu à l'écologie et à l'économie des ressources, et n'intègrent généralement pas l'énergie comme facteur de production. Les travaux sur le lien entre croissance et ressources sont peu nombreux. J'ajoute que les réflexions de politique économique liée à l'écologie semblent parfois être restées figées sur la question de la fiscalité du carbone. La taxe carbone n'est pas l'horizon indépassable de la politique économique environnementale. La question du prix du CO_2 et du prix des ressources est bien sûr absolument cruciale, mais la fiscalité n'est pas le seul instrument pour agir.

---

7. Alain Grandjean et Hélène Le Teno, *Miser (vraiment) sur la transition écologique*, Editions de l'Atelier.

Alors comment financer un choc d'investissement, me dira-t-on ? Voilà qui nous ramène au cœur du débat de politique économique européenne et des choix budgétaires franco-français. Les politiques d'austérité nous conduisent droit dans le mur de la déflation, il a fallu deux ans pour s'en rendre compte…

Il est possible d'agir tout de suite. Sur les 50 milliards du pacte de responsabilité présentés par François Hollande en janvier 2014, 41 milliards sont consacrés non pas à la réduction des déficits, mais à diverses mesures indifférenciées d'aide aux entreprises sans contrepartie. J'en vois l'exemple dans ma circonscription où un groupe de la grande distribution, qui va toucher plus de 50 millions d'euros de crédit d'impôt compétitivité (CICE), annonce des suppressions d'emplois dans les bases logistiques. Les 41 milliards seraient employés bien plus efficacement s'ils étaient entièrement utilisés pour soutenir l'investissement et la modernisation des secteurs industriels d'avenir.

A-t-on besoin de plus de 41 milliards ? Oui, bien sûr. L'intensité capitalistique des investissements à opérer en faveur de la transition énergétique, qu'il s'agisse des économies d'énergie ou des énergies renouvelables, n'est pas discutable. Ces investissements sont rentables, mais à long terme. Le cycle de rendement attendu par les financements classiques est incompatible avec ces politiques. C'est pourquoi la création de financements de long terme, mobilisant par exemple l'épargne populaire, est la clef de tout. Si chacun comprend enfin qu'il n'y aura pas de nouvelle réussite économique pour la France sans une nouvelle politique énergétique, nous gagnerons beaucoup de temps.

*

La grève des papillons

Récemment, les budgets des ministères de la Culture et de la Défense ont été sanctuarisés. La grève des intermittents du spectacle menaçait la saison des festivals d'été. Les grands généraux, chefs d'état-major des quatre corps d'armée, menaçaient de démissionner.

Le budget de l'Ecologie, lui, continue de subir l'austérité avec 450 millions de nouvelles coupes budgétaires. Pire : pour abonder en urgence les crédits du ministère de la Défense, un prélèvement supplémentaire de 250 millions d'euros a été opéré sur les « investissements d'avenir » réservés à l'Ecologie, sans cette fois, beaucoup de procédures bureaucratiques pour en décider.

Les papillons et les fleurs ne se sont pas mis en grève. Aucun arbre remarquable n'a menacé de démissionner.

*

Le nouveau modèle de l'économie circulaire

L'économie circulaire est le concept le plus prometteur que j'aie rencontré au cours de ces dernières années. Enfin une perspective positive qui ouvre de nouveaux horizons, la potentialité d'un véritable progrès de civilisation.

L'économie circulaire se définit comme « un système de production et d'échange qui prend en compte, dès leur conception, la durabilité et le recyclage des produits ou de leurs composants de telle sorte qu'ils puissent devenir d'autres objets utilisables ou des matières premières nouvelles ». Elle donne un contenu concret et précis au fameux « changement de modèle économique » qui figure souvent dans bien des discours, sans que l'on sache exactement de quoi il s'agit au juste. Or il est impossible d'entraîner la société, l'économie, dans la mutation écologique si le point d'arrivée de cette transition est un indéfini. Avec l'économie circulaire, nous tenons enfin une vision du but à atteindre.

Ce concept rend définitivement caduc celui de « développement durable » qui nie le lien intrinsèque entre le modèle économique dominant – le capitalisme – et la destruction écologique. J'ai d'ailleurs été toujours plus que sceptique devant cette idée que des instruments de marché – le marché carbone, ou encore la marchandisation des « services écosystémiques », c'est-à-dire des services rendus par la nature – suffiraient comme par miracle à rendre le système écologiquement vertueux.

Le nouveau modèle de l'économie circulaire permet lui d'en finir enfin avec ce qu'Edgar Morin appelle « la sotte alternative croissance-décroissance ». Il s'agit en effet d'une double impasse : la croissance fondée sur l'augmentation sans fin des ressources prélevées sur la planète se heurte à des limites physiques. Par opposition, la décroissance, si elle porte une critique pertinente du consumérisme, semble ignorer l'aspiration légitime au confort, au progrès, et passe à côté de la question sociale et du travail. Elle est perçue comme un retour en arrière.

L'économie circulaire pose comme postulat initial que les déchets sont des ressources, mais elle ne se limite pas à une simple politique du recyclage des déchets. Elle intègre toutes les dimensions – et notamment l'écoconception – permettant d'organiser un découplage entre la consommation de ressources naturelles et la création de valeur. Elle déplace la chaîne de valeur. Il s'agit d'une nouvelle politique industrielle intensive en emplois, en intelligence, en travail, et économe en ressources. Elle met fin à la vieille opposition entre écologie et travail.

Beaucoup n'y croient pas. Mais, crise oblige, ces nouveaux modèles sont en marche dans les plates-formes industrielles où les déchets des uns deviennent les ressources des autres, dans le réemploi et les marchés d'occasion – comme en atteste le succès du site leboncoin –, dans la consommation collaborative, dans l'économie de la fonctionnalité qui permet de mettre fin au tout jetable et de redécouvrir que la valeur est dans l'usage. L'enjeu est d'accélérer cette mutation et de résoudre les nombreux défis industriels, technologiques, organisationnels et de compétitivité économique de l'économie circulaire. Ils sont enthousiasmants. C'est un formidable moteur d'innovation pour le design, le marketing, le service aux consommateurs.

Imaginez un immeuble de bureau comparable à un petit CNIT de la Défense ultra-moderne entièrement démontable, recyclable, réutilisable. Cela existe.

Imaginez une moquette synthétique du dernier cri confectionnée avec des fils de nylon issus de la récupération de filets de pêche collés sur une sous-couche moelleuse confectionnée avec des bouteilles en plastique fondues. Cela existe.

Imaginez une chaise de bureau du meilleur design avec une ergonomie parfaite fabriquée intégralement en éco-conception. Je me suis assise dessus.

Tous ces produits sont certifiés « cradle to cradle », que l'on peut traduire par « du berceau au berceau », selon le concept de l'architecte designer William McDonough et du chimiste Michael Braungart[8]. Ils proposent un changement de paradigme encore plus révolutionnaire : celui d'empreinte écologique positive. Il ne s'agit plus alors de « faire moins mal », de simplement gagner du temps pour que la dégradation de la planète soit moins rapide, mais de faire le bien, de rechercher les solutions pour que les objets, tous les biens et services, aient un impact positif pour l'environnement.

J'ai vu aux Pays-Bas – à l'occasion d'une mission d'étude organisée par Nicolas Hulot – ce genre d'immeuble de bureaux ultra-moderne, des objets en design high-tech mais aussi des procédés de fabrication industrielle appliquant ce principe. Ce pays est déjà avancé pour son taux de recyclage des déchets (80 %) et de mise en décharge (seulement 3 %). Wilma Mansveld, la ministre néerlandaise de l'Environnement, travailliste, nous a expliqué que son pays avait décidé « de rayer le mot déchet du vocabulaire » et que la méthode retenue pour développer l'économie circulaire, plutôt qu'une législation, est celle des « green deals », des contrats entre l'Etat et les porteurs de projets. 160 green deals ont déjà été conclus dans le cadre d'un plan 2009-2021 pour

8. William McDonough et Michael Braungart, *Cradle to Cradle, créer et recycler à l'infini*, Editions Alternatives, collection Manifestô.

sept filières pilotes (textiles, cartons, constructions, PVC, encombrants, etc.).

D'autres pays s'engagent dans cette voie. Le Japon a adopté une loi-cadre pour l'établissement d'une société saine basée sur le cycle de matière depuis 2000. L'Allemagne est entrée dans l'économie circulaire par la nécessité de réduire la dépendance extérieure en ressources de son industrie. Elle a mis en place depuis plusieurs années une stratégie nationale sur la sécurisation de l'approvisionnement en ressources et a adopté depuis février 2012 une loi sur la promotion de l'économie circulaire. La Chine, confrontée à des problèmes écologiques monstrueux, dispose d'une des législations les plus évoluées, avec une loi de promotion de l'économie circulaire depuis 2008, des plans dans sept secteurs, 18 objectifs, 80 indicateurs…

En France, 34% des déchets sont encore mis en décharge. Et surtout, en dix ans, les exportations de matières premières de recyclage ont augmenté de 68%. Autrement dit, nous nous faisons piller, avec notre consentement, nos plastiques, nos métaux en tout genre, et autres matières premières issues des « mines urbaines ». Nous perdons les matières, et les emplois qui vont avec leur transformation… Le recyclage aussi est délocalisé ! C'est la raison pour laquelle j'ai proposé la perspective de l'élaboration d'une loi-cadre pour l'économie circulaire. Elle devait être à mes yeux la grande réforme structurelle accomplie par la gauche qui, dans le calendrier, viendrait juste après celle de la transition énergétique. Sans raison, sans explication, cette proposition a été écartée par les services du Premier ministre. Les nations les plus avancées à l'avenir seront pourtant celles qui baseront leur politique industrielle sur l'économie circulaire et qui auront reconquis une autonomie relative dans leur approvisionnement en ressources. Aujourd'hui, des entreprises, des réseaux associatifs, des fondations se mobilisent. L'Institut de l'économie circulaire, animé par François-Michel Lambert et Chantal Jouanno, essaie de fédérer toutes les parties prenantes. La fondation Ellen MacArthur et la fondation Nicolas Hulot essaient de populariser tous les concepts de l'économie circulaire et du « cradle to cradle ». Les associations de l'économie sociale et solidaire ou encore la Jeune Chambre économique française diffusent aussi ces idées nouvelles. Mais pour passer à un autre niveau, l'Etat doit s'engager, porter un cadre conceptuel, une méthode pour mettre en œuvre la démarche de l'économie circulaire sur des produits et dans des territoires.

Fondamentalement, ce nouveau modèle économique suppose que les différents acteurs coopèrent. L'économie circulaire n'est pas seulement une version moderne du fameux « rien ne se perd, rien ne se crée, tout se transforme » de Lavoisier, mais un nouveau modèle d'approvisionnement et de conception des produits, biens et services. Elle est porteuse d'une vision globale et systémique qui heurte de plein fouet les anciens modèles verticaux, cloisonnés, hypercentralisés. Elle nécessite des approches collaboratives, pour que les déchets des uns soient les ressources des autres, pour partager entre différents acteurs économiques qui jusqu'ici ne se rencontraient pas un même service, pour proposer non plus un produit, mais un usage. Les territoires en font déjà l'expérience au travers du développement des circuits courts alimentaires. L'évolution massive vers les modèles horizontaux, de pair à pair, va favoriser ces nouvelles approches en réseau, telle la construction de véritables écosystèmes économiques. Nous en sommes seulement aux prémices de cette révolution. « Un changement de l'organisation même de la société est en cours : nous nous éloignons du pouvoir hiérarchique et nous nous approchons du pouvoir latéral », a théorisé Jeremy Rifkin[9].

Je soutiens tous ceux qui veulent agir et soutenir ces nouveaux modèles positifs. Ils sont avant-gardistes. Ils permettent de regarder l'avenir avec optimisme. Une gauche du futur doit en faire l'élément fondateur de son action.

9. Jeremy Rifkin, *La Troisième Révolution industrielle*, Actes Sud.

*

Limonade

Début 2013, Jean-Marc Ayrault s'est mis à organiser des dîners de ministres à Matignon pour parler de choses et d'autres, mettre un peu de convivialité. Cela faisait suite à sa gestion de Florange et à ce qui se disait déjà à l'époque sur l'absence de management politique de l'équipe gouvernementale. Nous étions donc, par petits groupes de ministres, conviés à dîner à Matignon pour parler de tout et de rien. Ce soir là, au milieu du dîner, le Premier ministre me fait remarquer – sur un ton sympathique mais d'un air de dire que je n'ai pas fait mon boulot – qu'il y a un très sérieux problème avec un permis minier délivré par Arnaud Montebourg en Guyane et qui provoque un certain émoi. Les bras m'en tombent ! Je suis justement montée au créneau sur cette décision désastreuse de mon collègue ministre du Redressement productif depuis plusieurs semaines. J'ai adressé une note personnelle d'alerte politique au Premier ministre que visiblement il n'a pas lue. J'ai bataillé pour obtenir l'annulation et l'abrogation de la décision prise par Arnaud. J'ai exigé la tenue d'une réunion interministérielle. Elle a eu lieu et, hélas, mes équipes y ont été contredites par Matignon qui a arbitré en faveur de l'industrie. Alors, que le Premier ministre découvre cette affaire grave et symbolique où tant de gens ont parlé en son nom, je crois rêver ! D'autant que j'ai aussi alerté le président de la République en raison des conséquences désastreuses pour l'image de la France, et que j'ai fait savoir publiquement mon désaccord.

Le 11 décembre 2013 est en effet publié au Journal officiel de la République française un arrêté signé par Arnaud Montebourg qui accorde à l'entreprise Rexma en Guyane un permis d'exploitation aurifère sur la crique (rivière) Limonade sur une surface de 10,1 km² à 3,5 kilomètres du village de Saül. Le ministère du Redressement productif se justifie par la continuité de l'Etat sous prétexte que cette décision avait été signée une première fois – sans être publiée au Journal officiel – par Eric Besson, alors ministre de Nicolas Sarkozy, le 2 mai 2012, quatre jours avant le second tour de l'élection présidentielle…

Le ministère de l'Ecologie n'a été ni consulté, ni informé. La crique Limonade se situe pourtant dans le périmètre du parc amazonien de Guyane, le plus vaste parc naturel de France et de l'Union européenne. C'est ce que l'on appelle, au niveau mondial, un « hot spot » de la biodiversité, un des 34 « points chauds » identifiés par la communauté scientifique planétaire comme un territoire où l'ampleur des atteintes à la biodiversité justifie une vigilance particulière. Voilà pourquoi ce permis a reçu une longue liste d'avis défavorables : avis défavorable du maire de Saül, du parc amazonien de Guyane, des services de la DREAL, du préfet… Il est aussi contraire au schéma départemental d'orientation minière, qui établit la liste des territoires où une exploitation des ressources minières peut être autorisée. Bref, bien que l'enjeu soit évalué à 3 tonnes d'or et 120 millions d'euros, bien que la politique de l'Etat soit plutôt favorable au développement de l'orpaillage légal en Guyane, alors que la forêt tropicale est pillée par l'orpaillage clandestin qui mobilise l'armée face à des violences inouïes – des gendarmes ont été tués –, tous les services de l'Etat se sont opposés à la délivrance du permis de Limonade, tous, sauf le ministre Eric Besson.

Je propose donc à Jean-Marc Ayrault de lui redonner ma note avec un point complet de la situation. Je la lui remets en main propre au Conseil des ministres. Elle préconise une abrogation rapide de ce permis pour restaurer l'image de notre pays, alors que l'Union internationale pour la conservation de la nature a adressé une protestation officielle contre la France.

La seule conséquence de cet échange lors de ce dîner à Matignon a finalement été l'organisation d'une nouvelle réunion interministérielle le 15 mars. Mon équipe m'a raconté s'être retrouvée dans cette réunion « seule contre tous », et avoir pleuré de dégoût en sortant. L'argument des équipes du Premier ministre pour s'opposer à nos demandes vaut – c'est le cas de le dire – son pesant d'or : il ne faut pas abroger ce permis pour ne pas coaliser tous les pro-mines contre nous, comme dans l'affaire Shell !

Si cette lâcheté est révoltante, l'épilogue de cette histoire est lui carrément honteux. En mars 2013, M. Casas, PDG de Rexma, a été condamné pour escroquerie et tromperie dans une autre affaire à dix-huit mois de prison avec sursis. Deux journalistes de *La Semaine guyanaise*, Frédéric Farine et Jérôme Vallette, disent que leur enquête sur Rexma a d'abord été censurée avant d'être finalement publiée, et racontent avoir subi des pressions et des sanctions dénoncées par le Syndicat national des journalistes. Mais ce n'est pas tout. Quant au permis de Limonade lui-même, le parquet de Cayenne a ouvert en juillet 2013 une enquête judiciaire sur les conditions d'obtention de ce permis ainsi que pour faux et usage de faux. Les documents sur la base desquels l'Etat a délivré le permis minier auraient en effet été falsifiés, en particulier l'étude d'impact environnemental. Ainsi, là où les études énuméraient des dommages irréversibles notamment pour 8 espèces de mammifères, dont un super prédateur emblématique – la loutre géante –, les chauves-souris, 37 espèces d'oiseaux rares sur 40, le document transmis aux services de l'Etat n'évoquait aucun impact négatif !

A la suite de l'ouverture de cette procédure judiciaire, Rexma a reçu lors d'une conférence de presse le soutien du Medef et de la chambre de commerce et d'industrie de Guyane. Les soupçons ont paru en tout cas suffisamment lourds pour que le ministre du Redressement productif demande au préfet de Guyane de bloquer l'ouverture des travaux d'exploitation au mois d'août 2013, dans l'attente des conclusions de l'enquête judiciaire. Il paraît que les bulldozers étaient alors prêts à commencer les travaux.

*

Fun to fail ?

Il y a une expression anglo-saxonne, « fun to fail », que l'on peut traduire par « c'est amusant d'échouer », pour dire que l'échec permet de rebondir et d'avancer. En France, nous ne sommes pas des adeptes de cette conception de l'apprentissage. L'échec est interdit dans le système scolaire, l'échec est interdit dans le système économique. Alors que l'on apprend tellement plus de ses erreurs que des réussites…

Je n'ai pas voulu écrire ce livre tout de suite après avoir été limogée, à chaud, comme un geste de mauvaise humeur. J'ai voulu prendre mon temps, apprendre.

Je préfère le reconnaître en toute transparence et humblement : je n'ai pas tout bien fait. Nul n'est parfait. Je n'étais pas préparée à être ministre, j'ai le courage de le dire. Je suis arrivée au pouvoir sans équipe, sans avoir suffisamment anticipé toutes les questions politiques et organisationnelles qui allaient se poser. J'ai appris en marchant. Je suis responsable autant que d'autres de la tournure prise par le début du quinquennat.

Même si hier encore, j'ai croisé un agent de terrain du ministère de l'Ecologie qui m'a dit « Ohlala, qu'est-ce qu'on vous regrette ! », pour moi ce n'est pas une réussite d'avoir été virée. J'ai un goût d'inachevé. Beaucoup de dossiers que j'ai lancés ont été finalisés par mes successeurs ou le seront. D'autres sont hélas enterrés. Surtout, c'est un échec politique que l'écologie ne soit pas devenue une priorité déterminante de la gauche.

Mais mon plus grand échec est d'avoir été, en quelque sorte, la porte-parole d'un déguisement. Moi aussi j'ai dit aux Français que « le changement, c'est maintenant ». Moi aussi j'ai défendu un programme qui promettait 10 % de croissance en cinq ans, fondé sur une reprise qui n'existe pas. Je n'ai pas vu le cynisme qui m'entourait, ou, plus exactement, je n'ai pas voulu le voir. J'étais tellement heureuse de participer à l'aventure collective. C'était déjà une chance formidable. Je n'ai pas été assez exigeante. Et surtout, j'étais seule…

C'est le leitmotiv de tous ceux que mon point de vue dérange aujourd'hui, « elle est seule », « elle est isolée ». D'autres me demandent « est-ce que tu n'es pas un OVNI dans le monde politique ? » parce que j'ai un parcours atypique.

C'est vrai, je suis seule. C'est ma faiblesse et ma force. Je ne l'ai pas choisi, même si j'ai toujours su qu'il y a dans la vie politique des moments où il faut savoir marcher seule. Je suis aujourd'hui mon propre chemin, libre et indépendante. Tout ce que j'ai dit, je n'étais pas la seule à le penser. Je n'avais pas prévu de me retrouver ainsi en première ligne pour dire au président de la République ses quatre vérités. Je n'avais pas prévu d'être la seule à avoir le courage, quoi qu'il en coûte, de critiquer les choix budgétaires, de pointer le risque de la progression de l'extrême droite, d'exprimer la déception de notre électorat. J'attendais que d'autres le fassent, je pensais que nous serions un certain nombre à mêler nos voix pour infléchir le cours du quinquennat, à nous affranchir de la tétanie ambiante. Mais je me suis retrouvée seule, obligée d'endosser cette responsabilité. Si un autre ministre avait été viré dans les mêmes conditions que moi, pour les mêmes prises de position politiques que celles que j'ai prises, je n'aurais pas pu rester membre du gouvernement. La réciproque ne fut pas vraie. C'est certainement une preuve supplémentaire du poids de la Ve République, de l'individualisme qui a dévoré la gauche. Chacun pour soi, comme si des réussites personnelles pouvaient émerger au milieu d'un tel échec collectif… Ce n'était pas un choix d'être seule, c'était une conséquence que j'ai assumée. Et si mon point de vue était si isolé, trois autres ministres n'auraient pas été « remerciés » pour l'expression de désaccords comparables. Et je sais que c'est également celui d'un nombre considérable d'hommes et de femmes qui ont le cœur à gauche.

J'ai été très surprise des soutiens qu'ils m'ont adressés, dans des proportions inimaginables. Après mon « licenciement », pendant des semaines, j'ai reçu des centaines de lettres, de mails, de témoignages. Ils en disent long sur les déceptions du peuple de gauche. C'est un homme dans le train qui n'ose pas me parler, mais me glisse un petit mot bouleversant pour me dire qu'il aimerait que sa fille ait plus tard mon courage. C'est une grand-mère qui me dit que « malgré ses quatre-vingt-douze ans, elle est aussi réceptive politiquement qu'il y a cinquante ans », qu'elle a écouté ma déclaration et qu'elle veut me dire « bon courage » parce qu'elle « aime la droiture dans tous les domaines ». C'est un monsieur qui m'écrit : « Je suis fier de vous car l'écologie, l'environnement, la lutte contre le réchauffement climatique c'est l'avenir de nos enfants. Honte aux écologistes qui n'ont pas eu le courage de vous suivre. » Un autre encore : « Vous maintenez l'espoir qu'il existe des hommes et des femmes dont les convictions sont plus fortes que l'ambition. » C'est aussi une lettre magnifique où l'on m'écrit ce compliment exagéré : « Il faut que je remonte à Mendès France pour retrouver l'équivalent de l'émotion que j'ai ressentie à vous écouter. Des babillards disent que vous êtes seule ? Non, vous êtes grande. » C'est cette femme qui m'aborde lors de l'inauguration des travaux de l'école de Saint-Léger-de-la-Martinière dans ma circonscription : « Je voulais vous dire que j'ai été surprise, parce que vous savez, on n'attend plus rien de la politique. Dans la politique ils se valent tous. Mais vous,

vous avez des convictions, c'est rare.» Je la remercie sans lui lâcher la main. Ils m'ont aidée à comprendre que la franchise et la sincérité doivent être le point de départ de quelque chose de neuf. C'est pour eux que je voulais raconter comment la gauche en est arrivée là et comment je veux maintenant qu'elle suive un autre chemin.

★

«Je connais déjà le nom de vos successeurs» (20 juin 2013)

Les Hautes-Pyrénées et la Haute-Garonne sont ravagées par les inondations. A Luz-Saint-Sauveur et à Barèges, où nous nous sommes rendus avec Manuel Valls le 19 juin 2013, tout est détruit. La route a été emportée. Il y a eu un mort. Les habitants ont tout perdu. Une crue a eu lieu il y a un an au même endroit. C'est un événement météorologique extrême comme il risque de s'en produire de plus en plus avec le changement climatique.

Le lendemain matin, le président de la République décide de se rendre sur place et nous demande, à Manuel Valls et moi-même, de l'accompagner. Nous partons en avion pour Tarbes. Dans l'avion, à l'aller, nous parlons de choses et d'autres. Puis le président de la République glisse à un moment, amusé et sérieux à la fois, «je connais déjà le nom de vos successeurs, vous savez». J'ai répondu «je n'en doute pas».

★

Changer de génération

«Priorité à la jeunesse!» Et nous nous retrouvons avec Jacques Toubon et Louis Schweitzer, respectivement soixante-treize et soixante-douze ans, nommés à d'importantes responsabilités, l'un comme Défenseur des droits, l'autre comme commissaire général à l'investissement…

Que la crise économique, politique, globale, soit concomitante avec la marginalisation de la jeunesse ne doit rien au hasard. C'est un symptôme du conservatisme de ceux qui détiennent les clefs du pouvoir politique et économique dans notre pays. Comme je les ai ressentis, en voyageant un peu hors de nos frontières, dépassés par la crise, ne comprenant pas le monde qui les entoure, étrangers à leur époque! Ce déclin de la France, dont ils se plaignent hypocritement, ils ne voient pas qu'ils en sont les maîtres d'œuvre, non parce qu'ils font un blocage psychologique, mais parce qu'ils ne veulent pas céder un millimètre de leurs positions acquises. Ils sont les représentants d'un capitalisme à la naphtaline, de la rente, du patrimoine, de l'héritage, comme le décrit très bien Thomas Piketty, contre la réussite économique fondée sur l'innovation, la créativité, la prise de risque. Les forces vives les plus dynamiques et les plus talentueuses du pays sont tenues à l'écart. Elles quittent le navire. Trop de jeunes veulent désormais aller voir ailleurs et envisagent leur avenir hors de France…

A la lumière crue de l'exercice du pouvoir, la gauche, dont les victoires ont toujours résulté de la mobilisation des forces de la jeunesse, a choisi les « valeurs sûres » du conservatisme et de la gérontocratie. Comme si le changement devenait trop subversif.

C'est le dépôt de bilan de toute une génération qui nous a emmenés dans le mur, qui a oublié toutes les leçons du 21 avril 2002, qui ne porte plus le mouvement, qui vit dans des modèles dépassés, inopérants. Une génération est discréditée, profondément, durablement.

Dans toutes les écoles de formation sur l'histoire du mouvement ouvrier, on apprenait quand j'étais adolescente cette phrase du vieux Léon Trotsky : « Quand s'use un programme ou une organisation, s'use aussi la génération qui les a portés sur ses épaules. La rénovation du mouvement se fait par la jeunesse, libre de toute responsabilité pour le passé.» C'est tellement vrai !

Ils vivent dans le monde d'avant. Ils n'ont pas compris qu'on ne peut pas revenir dans le monde ancien, que nous ne sommes plus dans les années 80, que l'on ne reviendra ni aux Trente Glorieuses, ni au capitalisme industriel du XIXe siècle. Ils ont cinquante ans de retard sur tout. Ils sont devenus des conservateurs. Ils ne portent plus le mouvement.

Il faut aider la jeunesse. Il faut faire émerger une nouvelle génération, capable de prendre le leadership pour apporter des réponses adaptées à son époque, d'inventer sa propre histoire. Je veux m'y consacrer.

Je ne me suis pas faite toute seule. Je suis devenue une femme politique, une élue, grâce à l'aide de dirigeants auprès desquels j'ai appris, je me suis formée, qui m'ont poussée. Malgré tous les désaccords politiques actuels, je ne réécris pas l'histoire, je ne veux pas occulter notamment le rôle de Ségolène Royal qui m'a donné la chance de lui succéder dans la 2e circonscription des Deux-Sèvres. Chaque génération doit aider la suivante à émerger et à s'émanciper. C'est à mon tour maintenant de transmettre. C'est ce que je veux faire : transmettre à une nouvelle génération.

Pour moi, le vrai débat à l'intérieur de la gauche n'est plus entre la gauche et la droite du parti socialiste, il est désormais entre le passé et l'avenir, entre le conservatisme et le mouvement. Là est le nouveau clivage qui transcende les vieux réflexes bien confortables.

Voilà qui me singularise autant de l'exécutif que de ceux qui se sont appelés les « frondeurs ». Je ne me reconnais pas dans leurs prises de position. Beaucoup d'entre eux – sauf Pouria Amirshahi et ses amis – ont été silencieux, le doigt sur la couture du pantalon, lorsque j'ai dénoncé le choix de l'austérité budgétaire. A l'époque, la plupart votaient et approuvaient tout. Ce n'est qu'après la nomination de Manuel Valls à Matignon que leur prise de conscience a été subite. La gauche va finir par crever de ces convictions à géométrie variable où les positions politiques de fond sont en permanence utilisées pour des tactiques boutiquières. Les frondeurs reproduisent les travers des préparations de congrès du parti socialiste. Ils occupent un « créneau ». Cette démarche ne peut pas construire une alternative sérieuse, crédible et convaincante à la politique actuelle. Elle est prisonnière de trop de certitudes et de prêt-à-penser. Je leur donne raison de considérer que le Parlement n'est pas une chambre d'enregistrement. Mais à leur façon, les frondeurs sont eux aussi conservateurs. Autant nous nous rejoignons sur la critique de l'austérité budgétaire, autant pour moi la question de la dette et des déficits n'est pas accessoire, elle ne peut pas être balayée du revers de la main. Loin d'affaiblir la ligne gestionnaire, à leur corps défendant, ils la renforcent. La menace de la dissolution est dans toutes les têtes. Elle est la clé de voûte du pouvoir absolu de la Ve République. Le Président peut exécuter le Parlement qui lui résiste. Les frondeurs sont dans une impasse institutionnelle.

Surtout, dans les circonstances actuelles, critiquer l'austérité ne suffit plus. La politique de François Hollande et celle préconisée par les frondeurs sont en fait les deux faces de la même médaille, celle de la politique des années 80. Aux uns, l'éloge de l'entreprise et de la baisse du coût du travail ; aux autres, la relance par la consommation et l'augmentation du nombre de contrats aidés. C'est terriblement daté ! Ce sont des réponses du passé, d'avant la crise financière, d'avant la mondialisation, d'avant la crise de civilisation. Pour les uns comme pour les autres, la question écologique est d'ailleurs accessoire. Sans parler des pratiques politiques, dont on peut avoir un aperçu en observant le nombre de femmes en première ligne…

Si j'ai repris ma liberté, ce n'est pas pour retomber dans les guéguerres des batailles de congrès du PS où tout est joué d'avance, où tout finit dans des arrière-salles, où le débat de fond sur les positions politiques est en permanence vicié par les négociations de postes.

Ce qui conduit à ce point de vue singulier qui est le mien, c'est de penser que quelque chose de nouveau doit se construire autour des politiques de long terme et ne doit pas emprunter les chemins de la vieille gauche, pas au sens où les valeurs seraient dépassées car les valeurs sont les mêmes, elles n'ont pas pris une ride, mais dans la mise en application les solutions d'hier ne sont plus opérationnelles. Il faut chercher des solutions d'avenir. La gauche, c'est le mouvement.

Il y a urgence. J'ai dénoncé la marche au pouvoir de l'extrême droite. En quelques mois, tout s'est vérifié. Rien n'a encore enrayé la mécanique implacable de la montée du Front national.

J'avais plaidé pour un changement de Premier ministre. Il n'y avait pas d'autre choix possible que Manuel Valls pour succéder à Jean-Marc Ayrault. Ce sont les Français qui l'ont imposé.

Manuel Valls est différent, il a compris que l'on a changé d'époque. Je le connais depuis assez longtemps. J'étais employée à la région Ile-de-France, dont il était le vice-président chargé des finances. J'ai été responsable nationale du PS après le 21 avril 2002, quand il en était secrétaire national chargé de la coordination. Mais j'ai travaillé plus directement avec lui d'abord à partir de 2007, lorsque j'ai été élue députée : nous siégions ensemble dans l'opposition à la commission des lois de l'Assemblée nationale, où il était le « whip » des socialistes, notre chef de file. Puis ensuite, évidemment, dans la bataille présidentielle de 2012, dont il était de fait le véritable directeur de campagne. Je reconnais en lui quelqu'un qui a essayé de tirer les leçons de l'élimination de Lionel Jospin du second tour de l'élection présidentielle le 21 avril

2002. Assurément, son mandat de député-maire de banlieue à Evry l'a transformé. J'ai toujours dit qu'il était le meilleur de sa génération, le plus professionnel, celui qui est entré de plain-pied dans la vie politique moderne. Mais Manuel m'a aussi exaspérée à de multiples reprises par ses prises de position libérales, qui sont à contre-courant du cycle qui s'est ouvert depuis la crise financière de 2008. Disons que j'ai plus de points d'accord avec lui sur les questions de sécurité et de République – qui nous ont rapprochés – que sur la politique économique, sociale ou écologique... La situation économique, qui met à l'ordre du jour le retour de la régulation, prend à revers nombre des positions qu'il a défendues par le passé. Manuel a raison de dire que « la gauche peut mourir ». Sauf que cela ne vaut pas seulement pour la forme, pour la façon de faire de la politique, cela vaut aussi pour le fond. Oui, la gauche est en danger de disparition si elle est assimilée au système en place, au lieu de signifier un espoir, un idéal, et une capacité de transformation efficace du réel.

Manuel Valls va-t-il vraiment bousculer les choses, rompre avec le conservatisme ambiant, embrasser les nouvelles aspirations, réussir à créer un climat de remobilisation de la gauche ? Les Français l'ont voulu à Matignon, non pas pour choisir les orientations d'un candidat qui avait fait 5,6 % aux primaires, mais pour changer de génération politique, pour tenter quelque chose de nouveau. Ses premiers pas comme Premier ministre ont montré que le risque existe qu'il se trompe lui-même sur ce que l'opinion publique attend de lui.

★

«A real disaster» (20 juin 2013)

L'article est intitulé «Philippe se lâche sur Delphine». C'est un petit écho publié page 26 du magazine *Challenges* le 20 juin 2013 :

«Philippe Crouzet s'est lâché devant l'état-major de Vallourec USA. Le 12 juin, à 4 heures du matin (heure française), le président du directoire, sans jamais nommer Delphine Batho, la ministre de l'Ecologie, a dit et répété qu'elle était "*a real disaster*" dans sa façon de mener le débat sur la transition énergétique et de se positionner en antinucléaire. Et précisé que son influence au gouvernement allait décroître. Un propos à ne pas prendre à la légère : le président de Vallourec est l'époux de Sylvie Hubac, directrice de cabinet de François Hollande.»

Le 20 juin au matin, lorsque mon équipe me signale cet article, j'encaisse mais je n'y prête pas plus d'attention que cela car j'ai la tête ailleurs : mon urgence, c'est la gestion des inondations dans plusieurs départements. La veille, j'étais aux côtés des habitants sous le choc. Ce 20 juin, je dois repartir dans les Hautes-Pyrénées et en Haute-Garonne avec le président de la République. Cet article n'est donc pas le principal. Je le mets sur le compte des attaques déjà lourdes que je subis, sans plus.

Je commets une erreur d'appréciation. Car j'aurais évidemment dû en faire immédiatement un scandale.

Je ne connais pas Philippe Crouzet. La seule fois où j'ai souvenir de l'avoir vu, c'était à l'occasion de la réunion du comité stratégique de la filière nucléaire, le 29 janvier 2013 à Montbard. Nous avions d'abord visité son entreprise Valinox de tubes en acier avec Arnaud Montebourg. Ensuite, devant la fine fleur patronale de la filière nucléaire, j'avais jeté un froid lorsque, intervenant après Arnaud Montebourg en introduction de la réunion, j'avais indiqué que nous aurions durablement besoin d'une part de nucléaire dans le mix énergétique tout en rappelant sobrement les engagements du président de la République concernant la réduction de la part du nucléaire, la fermeture de Fessenheim, les enjeux liés au développement de nos compétences dans le démantèlement, la transition énergétique. La consternation se lisait alors sur les visages. Il fallait pourtant dans cette instance dire ce qu'était la politique du gouvernement. Il ne pouvait pas y avoir deux discours, un à la télévision et un autre devant les industriels. C'était une question de sérieux, de crédibilité de l'exécutif.

Est-ce cela qui a fait dire à M. Crouzet que je suis un « désastre » ? Je l'ignore. Je ne sais pas non plus d'où il tenait ses informations sur ma prochaine mise à l'écart. Est-ce son épouse directrice de cabinet du président de la République qui lui rapportait les derniers potins du Palais ? Avait-il d'autres contacts avec des gens bien placés au Château ?

Philippe Crouzet n'a en tout cas pas pu s'empêcher de parler sur le ton de celui qui sait, de celui qui a le bras long et qui dispose d'informations de première main. Le journaliste Nicolas Stiel, à l'origine de l'article de *Challenges*, a précisé à *Libération* le 12 juillet : « Je confirme qu'il a dit, sans jamais la nommer, que l'influence de Batho au gouvernement allait décroître. Surtout, il l'a dit sur un ton ! Celui de la certitude, de l'initié. »

Aquilino Morelle a été renvoyé de l'Elysée pour avoir fait cirer ses chaussures de luxe à l'hôtel Marigny, et pour avoir travaillé en cachette pour des labos pharmaceutiques alors qu'il était inspecteur des affaires sociales, ce qui est grave. Sylvie Hubac n'a pas eu à répondre à la moindre question sur les déclarations bien informées de Philippe Crouzet et elle est toujours directrice de cabinet du président de la République.

Dans sa chronique pour le journal *Le Monde*, le journaliste Hervé Kempf écrivait le 7 juillet 2013, après ma conférence de presse : « Ce qui est encore plus saisissant, c'est que cette accusation gravissime reste sans conséquence. M. Hollande reste de marbre, Mme Hubac ne bouge pas de l'Elysée, et milieux politiques et médiatiques semblent considérer l'épisode comme normal : le parti socialiste ne bronche pas, l'UMP est mal placée pour se scandaliser des liens entre décideurs politiques et économiques, EELV, tout à son savant calcul politique, reste coi pour ne pas affaiblir M. Hollande.» Je n'ai pas un mot à ajouter.

L'entreprise Vallourec a stipulé que «Philippe Crouzet n'a jamais fait aucun commentaire sur un éventuel départ du gouvernement de Delphine Batho» le 4 juillet au soir, quelques heures après ma conférence de presse, quatorze jours après la publication du journal *Challenges*.

★

Au-delà des appareils

Je ne pensais pas, à l'échelle d'une vie humaine, observer de façon si tangible les effets de la destruction écologique. En 2012, nous avons atteint un record de la fonte de la banquise en été au pôle Nord. Le réchauffement climatique n'est plus une prévision scientifique pour plus tard. C'est désormais un fait perceptible, que chacun peut mesurer en observant la réduction de la taille des glaciers en montagne, l'évolution du trait de côte sur la façade atlantique ou la multiplication d'événements climatiques extrêmes.

La maison qui fut celle de mes grands-parents, en Normandie, est paraît-il désormais cernée de pavillons. Les petits chemins creux de mon enfance sont goudronnés. Les arbres têtards qui tenaient les haies ont été abattus. Les murs de torchis ont été rasés. A la place des terres agricoles, il y a une base logistique de supermarché et des lotissements à perte de vue. Je n'ai pas envie de voir cela.

Il y a quelques endroits comme cela sur la planète, où je préfère ne surtout pas retourner. Parce que j'y suis déjà allée il y a cinq, dix ou vingt ans et que je ne reconnaîtrais rien. Je n'ai pas envie de mesurer le degré de destruction des écosystèmes, je n'ai plus envie d'être bouleversée à en pleurer devant tant de gâchis et de bêtise. Je préfère garder en moi les images, les couleurs, les sensations, et me battre pour que ça change. Je n'ai pas envie de faire partie de ces gens qui disent tout le temps « c'était mieux avant ». Moi je veux que ce soit mieux « demain ». Je veux que l'on retrouve le sens du progrès. J'en ai marre de cette nostalgie qui idéalise un âge d'or qui n'existe pas. Ce n'était pas mieux avant quand les femmes n'avaient pas le droit de vote, quand on n'avait presque aucune chance de faire des études quand on était fils d'ouvrier, quand les immigrés vivaient dans des bidonvilles, quand le PCB était jeté dans les rivières... J'aimerais que la gauche dise enfin « vive l'avenir » !

La nostalgie ambiante est le symptôme d'une grave crise idéologique et programmatique. Quand il n'y a plus de programme, plus d'idéal, le passé est la valeur refuge.

La France souffre d'un dramatique manque de vision à long terme. Le devoir de la politique est de se projeter en avant. Si nous ne sommes là que pour « gérer » le pays, autant prendre des administrateurs !

Tout est à refaire. Avant d'être une question de personnes, c'est d'abord et avant tout un problème de fond.

De ce point de vue, le présidentialisme est un poison qui empêche toute réflexion collective sérieuse. La crise actuelle est une crise programmatique. Il n'y a plus de projet de société qui transcende les individus et les organisations. Bien sûr, on peut toujours rafistoler la gauche en urgence, mais je connais le résultat, on a déjà donné…

Autour de nous tout a changé, et pourtant la gauche n'a pas accompli de travail de réflexion en profondeur sur la nature de son ambition. Elle a remplacé le projet de société par des catalogues de mesures technocratiques. Elle est de longue date en crise intellectuelle et culturelle. Ce n'est pas seulement le parti socialiste qui est défait, c'est toute la gauche qui est ratiboisée, à un niveau historiquement bas. Personne, à gauche, aucune formation de la gauche dite alternative, ne profite de l'échec actuel du pouvoir. Le malheur des uns fait aussi le malheur des autres.

Je suis socialiste parce que c'est le parti du combat pour la justice sociale et que j'ai toujours pensé qu'il faut être là où les choses se décident. Il n'y a pas d'issue dans les formations minoritaires. Il faut être dans le cœur de la majorité, dans la principale formation de gauche. C'est là un désaccord que j'ai avec Jean-Luc Mélenchon, que je connais bien et dont j'apprécie les talents, mais qui s'est lancé dans une aventure sans poids réel sur le cours des événements, par le choix initial qu'il a fait de s'isoler, de ne pas participer à l'exercice du pouvoir et de ne pas se battre à l'intérieur de la majorité. La question de l'unité du camp du progrès n'est pas contournable. La division est un grand danger.

La crise globale de la gauche provient de formes d'organisation qui ne correspondent plus à ses idées, ni à la démocratie de demain. Les partis ont été désertés par tous les gens normaux. Ils ne produisent plus aucune idée. Ce ne sont plus que des machines à gérer des postes et les positions électorales. Il fut un temps que je n'ai pas connu où le PS était une ruche, où tous ceux dans la société qui réfléchissaient aux alternatives, aux idées nouvelles, s'y retrouvaient et confrontaient leurs points de vue. Les primaires citoyennes en 2011 avaient soulevé l'espoir d'être un point de départ, la première étape, d'une transformation plus profonde du parti socialiste. Mais le vieil appareil a résisté. La production d'idées ne se fait plus. Même les think tanks proches de la gauche n'ont plus rien produit depuis qu'ils se sont interdit toute réflexion indépendante ou critique sur l'exercice du pouvoir. A cet égard, la personnalité d'Olivier Ferrand, disparu brutalement au tout début du quinquennat, manque. Même si j'avais de réels désaccords de fond avec lui, j'appréciais sa soif d'idées nouvelles, son ouverture d'esprit, son enthousiasme, que j'avais pu mesurer lorsque nous étions partis aux Etats-Unis pour étudier la campagne d'Obama et le processus des primaires. C'est quelqu'un qui n'avait pas peur d'être iconoclaste, de secouer le prêt-à-penser de sa famille politique et qui cherchait à convaincre toujours. Sa voix aurait été utile.

Comment permettre à la gauche de produire des idées nouvelles ? La forme même des partis politiques est en fait complètement remise en cause. Faites une réunion de parti politique : les gens interviennent les uns contre les autres, systématiquement. Les appareils politiques sont devenus les spécialistes mondiaux du conflit. Ce sont des machines à produire de l'antagonisme, de l'opposition, du désaccord. Cela ne donne vraiment pas envie. Ils ne servent plus qu'à sélectionner les candidats.

Il y a pourtant dans notre pays une soif de démocratie. Le peuple français, les citoyens font énormément de politique. Même ceux qui disent s'en désintéresser ont un haut niveau de discours politique. Mais ils ne trouvent rien qui corresponde à ce qu'ils ont envie d'exprimer et ils en ont marre de voter pour le moins pire ou le moins mal. Ils voudraient, et ils ont raison, voter « pour ». Aux élections européennes, malgré 25 bulletins de vote différents, les électeurs n'ont pas trouvé matière à satisfaction. Le pays est en attente d'une nouvelle offre politique.

Les vieux partis, c'est fini ! Il est temps de faire entrer dans la vie politique toutes les démarches qui irriguent aujourd'hui la société en termes de méthode de débat, de participation collaborative. Les partis sont directement concernés par l'épuisement des logiques verticales, cloisonnées, hiérarchiques, où le haut décide pour le bas. Les logiques collaboratives sont en train de bousculer toutes les organisations et structures, notamment à partir de la diffusion massive du numérique dans la société. Beaucoup de gens n'ont pas encore pris la mesure de tout ce qui change dans les relations sociales, culturelles, idéologiques, dans le rapport au savoir et à l'information, dans l'organisation de la démocratie et du pouvoir.

Les vieux appareils traditionnels sont eux aussi remis en cause. Il faut changer radicalement les formes d'organisation, entrer dans l'âge de la démocratie collaborative. La réflexion sur la démocratie participative, qui n'était en réalité que consultative, est dépassée par ces logiques coopératives.

J'essaie, de façon pragmatique, comme on avance en tâtonnant, d'initier cette reconfiguration sur le terrain, dans la circonscription dont je suis élue. J'organise dans les Deux-Sèvres la « coopérative d'innovation politique » qui s'inspire à la fois de cette réflexion sur le nouvel âge de la démocratie, mais aussi de l'identité de notre département où, dans chaque période de crise, les gens ont cherché les solutions par eux-mêmes, avec la création des premières coopératives laitières ou des premières mutuelles d'assurance. Ce sont des méthodes de réunion et de débat nouvelles, pour construire, pour que chacun rebondisse sur les idées des autres, pour que les gens reprennent enfin plaisir à faire de la politique ensemble. J'ai décidé de ne pas attendre je ne sais quelles consignes qui viendraient d'en haut. Les appareils traditionnels vont devoir changer. Lors de la première rencontre de cette coopérative d'innovation politique, quelqu'un a demandé : « Faut-il attendre d'aller au fond du bocal pour rebondir ? » Ma réponse est non !

Alors que faire ? Dans le moment actuel, il n'y a aucun raccourci possible. Aucun échafaudage ou ravalement de façade ne suffira pour redresser la gauche. Elle doit s'unir, se rassembler. Mais de simples accords d'appareils, des additions de courants, de chapelles, seront sans effet. Il faut repartir à la base, tout repenser, ouvrir la perspective d'un dépassement des organisations actuelles par et pour les citoyens, et pourquoi pas, d'un parti unique de la gauche et des écologistes.

*

Cher François,

Depuis des années, tu lis et tu regardes tout ce qui se passe. Tu finiras certainement par avoir ce livre entre les mains, alors autant m'adresser à toi directement.

J'ai été ta porte-parole, ta ministre, et avant cela ta secrétaire nationale au parti socialiste. J'ai été fidèle, et j'ai toujours été franche avec toi quels que soient les circonstances et mes choix politiques.

Je ne fais pas partie de ceux qui font des analyses psychologisantes. Je n'aime pas les jugements à l'emporte-pièce ni les critiques sur les personnes. Je considère que les difficultés de la gauche, tes difficultés, nos difficultés, sont d'abord politiques.

Tu n'as pas voulu entendre ce que j'avais à dire sur tes choix dans l'exercice du pouvoir. Peut-être que ces petites scènes ordinaires du quinquennat t'aideront à réfléchir. J'imagine que cela ne te sera pas très agréable que je confronte l'action depuis 2012 aux rêves de ma génération.

Après m'avoir limogée, tu as dit « avoir des convictions c'est bien, agir c'est mieux ». Aujourd'hui les Français n'ont ni les résultats de l'action, ni les convictions. Tu as organisé une sorte d'abandon de l'idéal. C'est comme si tu n'avais même pas essayé de mettre en œuvre tes promesses de campagne. Ton échec le plus grave est d'avoir tourné le dos à tes idées. Finalement, c'est bien le pire reproche que te font les Français : ce n'est pas de ne pas réussir le changement, c'est de ne même plus vouloir l'accomplir.

Je t'imagine réagissant : « Mais alors, tu crois que c'est si simple, qu'est-ce que tu proposes ? »

Sans doute tous ceux qui t'ont demandé ma tête ont aujourd'hui plein de bons conseils à te donner. J'ai vu que tes amis annoncent déjà ta candidature en 2017, quelle drôle d'idée ! Au fond tu le sais bien, il n'y aura pas de deuxième mandat pour toi.

Tu n'as plus rien à perdre, alors pourquoi ne pas essayer de mettre le temps qui reste à profit ? Sens-toi libre enfin. Mets tout sur la table, essaie d'accomplir des réformes dont on puisse être fiers. Perdu pour perdu, pense aux générations futures, qu'elles puissent au moins se dire que, même si des erreurs ont été commises, tout cela n'a pas été vain, inutile. Le quinquennat n'est pas fini. Il te reste beaucoup de temps. Fonce !

N'oublie pas que l'histoire ne s'arrêtera pas avec toi. Le drapeau de la gauche doit rester debout, quoi qu'il arrive.

*

Pour un nouvel idéal

Tout commence par l'idéal. Nous, vous, moi, personne ne fait rien sans idéal, sans cette part de rêve qui permet de repousser les limites, sans un imaginaire qui autorise à vouloir l'impossible.

A partir de mon expérience du pouvoir, j'ai voulu poser des constats utiles pour la gauche et pour la France. Je crois au mouvement des idées. Je crois à la possibilité de transformer la société. Je refuse de capituler.

Nous sommes très nombreux à partager cette conviction toute simple : la raison d'être de la gauche est de vouloir changer le monde.

L'espoir est le seul, le vrai remède à la montée du Front national. Il est possible d'opposer à la marche au pouvoir de l'extrême droite une alternative positive et enthousiasmante.

Le moment est venu de construire un nouvel idéal autour des politiques de long terme. La crise de l'avenir est intimement liée aux destructions environnementales qui affectent les conditions d'existence mêmes de l'humanité. C'est autour d'un nouveau projet de civilisation écologique qu'il est possible d'ouvrir un nouveau cycle économique et de justice sociale. C'est en faisant de l'écologie un pivot central de notre rapport au futur et au monde nouveau, qu'il est possible d'embrasser toutes les dimensions du travail programmatique à engager. Depuis 1789, le projet national de la France est un projet universaliste. Là est son possible prolongement.

Je suis sûre que les Français ont soif d'avenir, de valeurs positives, d'une vision à contre-courant de la dictature du court terme et de la gestion qui ne mène nulle part. La société est disponible, elle attend désespérément. Ne restons pas les bras croisés. N'acceptons pas le défaitisme, la résignation, le fatalisme.

Un monde ancien est en train de couler, ce processus est irréversible. Il faut aider le monde nouveau à émerger, en accélérer la naissance. Il faut faire du neuf, sortir des sentiers battus et rebattus, proposer un nouvel imaginaire. Ce mouvement a besoin de pionniers.

Une nouvelle génération doit maintenant bousculer une vie politique complètement sclérosée. Elle doit se saisir de cette crise qui n'en finit pas pour innover, transgresser, prendre le leadership. Je vais l'aider.

Je suis très optimiste. Malgré les résistances, malgré les blocages, les modèles de demain sont déjà en marche. Il existe en France une autre « élite ». Les énergies positives dans la société sont nombreuses, elles sont créatives mais il leur manque un idéal commun et la conscience de leur force. Il faut inventer les nouvelles formes d'organisation politique collaboratives capables de les mettre en réseau. Je veux créer le premier réseau social politique. Un réseau ouvert à tous, sans chef, avec pour seule règle le plaisir de participer à une œuvre collective.

La tâche est difficile, mais pour tous ceux qui veulent construire sur de nouvelles bases, notre époque si désespérante est en même temps une opportunité. Il faut voir grand, oser, faire naître et grandir un mouvement complètement différent, celui des nouveaux progressistes.

Vivement demain !

Déclaration du 4 juillet 2013

Mesdames, Messieurs,

Avant de répondre à vos questions, je voudrais faire une déclaration.

J'ai commencé à militer à l'âge de treize ans, contre le racisme et l'extrême droite.

J'ai été responsable syndicale et associative pendant dix ans.

J'ai été secrétaire nationale du parti socialiste chargée de la sécurité et j'ai contribué avec d'autres à faire bouger la doctrine de la gauche sur ce sujet.

J'ai été une des dirigeantes du courant La Gauche socialiste.

J'ai soutenu Ségolène Royal lors de la primaire de 2006, dans la campagne de 2007, lors du congrès de Reims et dans la primaire de 2011.

J'ai été une des porte-parole de François Hollande dans la campagne présidentielle.

Députée des Deux-Sèvres depuis 2007, j'ai été réélue au 1er tour en 2012.

J'ai été nommée ministre déléguée auprès de Christiane Taubira, puis Jean-Marc Ayrault m'a demandé de devenir ministre de plein exercice, en charge de l'Ecologie, du Développement durable et de l'Energie.

Pendant toutes ces années, je n'ai jamais été prise en défaut de loyauté envers mon camp. Et notamment dans la période la plus récente, où j'avais en charge des sujets tels que la sûreté nucléaire, les risques technologiques, les prix de l'énergie et bien d'autres dossiers particulièrement exposés, je n'ai jamais commis la moindre bourde ou fait le moindre couac. J'ai le sens de l'Etat, j'ai le sens des responsabilités. On me l'a d'ailleurs reproché.

Je n'ai commis mardi matin ni une erreur, ni une faute, je n'ai pas davantage manqué à la solidarité gouvernementale.

Je me suis parfaitement conformée à la charte de déontologie que j'ai signée lors du premier Conseil des ministres en mai 2012 : cette charte prévoit la collégialité. Il n'y a pas eu de débat collégial au sein du gouvernement sur les arbitrages budgétaires, comme il n'y en a plus sur tant d'autres sujets.

Je veux rétablir cette vérité. En aucun cas je n'ai manqué à la solidarité gouvernementale, y compris sur le cœur de cette solidarité qui est le budget.

J'ai, en des termes francs mais mesurés et responsables, ouvert un débat politique nécessaire. Car ce budget marque un tournant dans la volonté de mener à bien la transition écologique. Je n'ai pas accepté ce tournant en silence. Et j'ai fait trois demandes précises :

– que le budget de l'ADEME ne soit pas amputé de 80 millions d'euros et d'une réduction de 14,6 % quand la règle fixée par le Premier ministre c'est 10 % ;

– que la moitié des investissements d'avenir soient consacrés à la transition énergétique ;

– que la fiscalité verte serve à financer l'écologie, et ne soit pas synonyme d'un nouvel impôt de l'austérité qui frapperait les plus modestes.

Ma conviction, c'est que si tout était clair dans ce qui a conduit à ma mise à l'écart, ces demandes n'auraient pas été considérées comme déraisonnables. Ce n'était pas hors de portée en termes de décision, dans le respect du désendettement qui a été décidé.

Que l'écologie soit soumise à des restrictions budgétaires parce qu'il faut désendetter la France, je l'assume et je l'ai déjà assumé en 2013. Mes demandes budgétaires pour 2014, pour celles qui n'ont pas été réglées directement avec Bernard Cazeneuve, sont remontées à l'arbitrage du Premier ministre qui a décidé. Le Premier ministre cette année a décidé de changer de méthode en faisant les arbitrages sans discussion directe avec les ministres concernés.

Quelque chose a changé dans le fonctionnement gouvernemental. Mon éviction est aussi un message à mes ex-collègues, pour leur dire que c'est fini la collégialité au sein du gouvernement. La forme et le fond se rejoignent. Il s'agit bien d'un tournant pour le gouvernement de gauche.

Car d'autres éléments ont exacerbé la crispation du Premier ministre à mon égard.

Parce que je suis fidèle à nos engagements et à mes convictions, depuis plusieurs mois certaines puissances économiques n'acceptaient pas le niveau d'ambition que je fixais pour la transition énergétique.

Ce combat s'est cristallisé sur la question des gaz de schiste, et plus discrètement sur la réduction de la part du nucléaire en France.

Ces forces dont je parle ne se sont pas cachées de vouloir ma tête. Mais si le gouvernement avait été solidaire, elles n'y seraient pas parvenues.

Est-il normal que le patron de l'entreprise Vallourec, directement intéressé par l'exploitation des gaz de schiste, ait pu annoncer ma marginalisation des semaines à l'avance devant des responsables de son entreprise aux Etats-Unis ?

Que le patron de Vallourec dise que je suis un désastre parce que je fais rempart aux gaz de schiste et que je veux réduire la part du nucléaire, c'est une chose, qu'il annonce ma mise à l'écart à l'avance, c'en est une autre. De quelles informations disposait-il pour être aussi sûr de lui ?

Est-il normal que des conseillers de Matignon et de l'Elysée me critiquent publiquement dans la presse ?

Comment se fait-il que le texte de la réponse de la France à la consultation de la Commission européenne sur les gaz de schiste n'était toujours pas déposé auprès de la Commission européenne samedi dernier ?

C'est sur l'écologie aujourd'hui en partie que se concentre l'affrontement avec le monde de la finance, et avec la politique d'austérité.

Mon constat, c'est que sans une société mobilisée, le changement ne sera pas possible. Les forces opposées au changement sont puissantes.

Le moment est venu de se mobiliser, pour faire face aux forces financières et à leurs relais qui bloquent l'action de la gauche. Sans société mobilisée, il n'y aura pas de changement possible.

J'assume donc ma responsabilité d'être une lanceuse d'alerte pour la gauche, pour l'écologie, pour tous ceux qui aspirent à des changements profonds dans notre société.

Je ne suis pas une victime, j'aurais voulu continuer le travail que j'ai entrepris depuis un an et en voir les résultats. Ce que je n'accepte pas c'est l'abandon, c'est le fatalisme, c'est le tournant, et le renoncement à l'espoir du 6 mai.

A ce jour, je n'ai pas de projet précis. Mais j'aspire à trouver sur mon chemin les aides nécessaires pour changer le cours des événements.

Je reviens à l'Assemblée nationale, et fidèle à mes électeurs, je continuerai ce combat dans la majorité.

Mon engagement pour l'écologie va aussi se poursuivre. J'apporterai mon aide et mon expérience à la fondation de Nicolas Hulot pour la nature et l'homme.

Je voudrais remercier d'abord celui qui est encore député des Deux-Sèvres, mon suppléant Jean-Luc Drapeau, qui aurait mérité de poursuivre son travail à l'Assemblée nationale, qui aujourd'hui n'a plus de mandat exécutif local parce qu'il s'est appliqué les principes de non-cumul et de morale publique pour lesquels nous nous battons.

Je veux ensuite remercier mes collègues ministres qui m'ont apporté publiquement ou discrètement leur soutien ou leur amitié, en particulier Arnaud Montebourg, Aurélie Filippetti, Manuel Valls, Cécile Duflot, Benoît Hamon et Marisol Touraine.

Je veux dire aussi que j'ai été touchée par les milliers de messages qui me sont parvenus de ma circonscription, et de toute la France, de tous ceux qui ont compris que ce n'est pas une faute que l'on sanctionnait, mais une résistance que l'on voulait soumettre.

J'ai évoqué la déception, j'ai évoqué le doute qui existent dans le cœur de l'électorat de gauche et écologiste.

L'exercice des responsabilités, c'est savoir faire des compromis. Ce que je n'accepte pas, ce n'est pas les compromis, c'est le tournant de la rigueur qui ne dit pas son nom et qui prépare la marche au pouvoir de l'extrême droite dans notre pays.

Ce dont il est question, ce n'est pas un poste ministériel. C'est le droit de ma génération à avoir des espoirs, et à agir.

Le temps est venu de reprendre la main du changement.

J'appelle la gauche à un sursaut en faveur de l'écologie, de l'espoir, des générations futures.

Remerciements

J'exprime ma plus profonde gratitude aux citoyens des Deux-Sèvres qui m'ont donné la possibilité de parler au nom du peuple et de servir la République.

Merci :

à celles et ceux avec lesquels j'ai travaillé au quotidien dans l'exercice du pouvoir. Ils m'ont tellement donné et beaucoup appris ;

à mon éditeur Jean-Paul Enthoven pour son soutien patient et les remarques qui ont construit ce projet ;

à mon suppléant Jean-Luc Drapeau et à toute mon équipe parlementaire Marie Gautier, Inès Jouannet, Yasmine Oudjebour, ainsi qu'aux amis et bénévoles qui se battent à nos côtés chaque jour ;

à Estelle Narbonne pour les précieuses relectures de cet ouvrage ;

à mes amis de toujours Malek Boutih et Eric Benzekri, ainsi qu'à tous les militants qui reconnaîtront une part de leur histoire dans ces pages ;

à Ilan et Frédéric aux côtés desquels la vie est si belle.

TABLE

Cet ouvrage a été imprimé en France
par CPI Bussière
à Saint-Amand-Montrond (Cher)
en octobre 2014

Mise en pages Datamatics

PAPIER À BASE DE FIBRES CERTIFIÉES

Grasset s'engage pour l'environnement en réduisant l'empreinte carbone de ses livres. Celle de cet exemplaire est de :
650 g éq. CO_2
Rendez-vous sur www.grasset-durable.fr

N° d'édition : 18518. — N° d'impression : 2011814.
Dépôt légal : octobre 2014.